레벨업 축구황제 1

리더A6 현대 판타지 소설

초판 1쇄 찍은 날 § 2021년 12월 24일
초판 1쇄 펴낸 날 § 2021년 12월 31일

지은이 § 리더A6
펴낸이 § 서경석

총괄팀장 § 황창선
편집책임 § 김범석
디자인 § 스튜디오 이너스

펴낸곳 § 도서출판 청어람
등록번호 § 제387-1999-000006호
등록일자 § 1999. 5. 31
어람번호 § 제1-3168호

주소 § 경기도 부천시 부일로 483번길 40 서경B/D 3F (우) 14640
전화 § 032-656-4452 팩스 § 032-656-4453
http://www.chungeoram.com
E-mail § chungeorambook@daum.net

ISBN 979-11-04-92405-7 04810
ISBN 979-11-04-92370-8 (세트)

[레벨이 올랐습니다.]

⑦

리더A6 현대 판타지 소설

레벨업
축구 황제

MODERN FANTASTIC STORY

목차

Chapter. 1

[스탯 포인트 2를 사용하셨습니다.]
[속도 능력치가 2 상승합니다.]
[현재 속도 능력치는 118입니다.]

이민혁은 서둘렀다.
하지만 그러면서도 침착함을 잃지 않았다.
가능한 한 빠르게 경기가 시작되길 원했다.

─…이민혁 선수가 공을 들고 중앙선으로 달려가고 있습니다……?! 세리머니는 생략한 것 같죠……?
─예… 아무래도 경기가 빨리 재개되길 원하는 것 같네요.
─저런 행동을 하는 이민혁 선수의 심리는… 아마 더 많은 공격

포인트를 기록하겠다는 거겠죠?

　—그럴 가능성이 매우 높아 보입니다……!

그 모습에 맨체스터 유나이티드를 응원하던 팬들은 질려 버렸다는 반응을 보였다.

"저 자식… 지금 뭐 하는 거야? 왜 저렇게 서두르는 거야……? 설마… 시간이 아깝다는 건가? 골을 더 넣고 싶어서?"

"저거… 미친놈 아니야? 맨체스터 유나이티드를 완전히 아래로 보고 있는 거냐……?"

"건방진… 근데 이민혁이라면 진짜 골을 더 넣을 거 같아서 무서워……."

"맨체스터 유나이티드를 대체 얼마나 더 괴롭힐 생각인 거냐……."

스코어는 이미 5 대 0이었다.

이민혁은 3골 2어시스트나 기록했다.

그런데 아직도 욕심을 내고 있다니.

맨체스터 유나이티드의 팬들로선 자존심이 상하는 일이었다.

그래서일까?

맨체스터 유나이티드 팬들의 분노는 맨체스터 유나이티드 선수들과 감독에게로 향했다.

"앙토니 마르시알은 언제까지 맨유에서 뛰는 거야? 저 자식은 맨유에서 뛸 자격이 없잖아?!"

"마커스 래시퍼드, 저 새끼는 언제까지 뇌가 없는 플레이를 하려나……."

"당장 판 할 감독을 경질해야 해! 나아진 게 하나도 없고 맨유를 더 쓰레기 팀으로 만들고 있잖아?"

"크리스 스몰링이랑 달레이 블린트 같은 센터백들을 버리고, 새로운 센터백을 사 와야 해! 퍼디난드랑 네마냐 비디치 같은 수비수를 데려와야 한다고!"

이처럼 맨체스터 유나이티드의 팬들이 분노하는 상황에서.

―이민혁이 공을 받습니다!

이민혁은 특유의 덤덤한 얼굴로 새로운 기회를 만들어 냈다.

툭! 휘익!

"일단 하나."

마루안 펠라이니는 까다로운 선수다.

피지컬이 사기적인데, 몸을 잘 쓰기까지 해서 쉽게 뚫어 내기 힘들다.

그럼에도 이민혁은 전반전에 그와의 대결에서 이겨 왔다.

5 대 0 스코어가 된 이후로 멘탈이 흔들리고 있는 후반전의 마루안 펠라이니는 이민혁에게 더 이상 어려운 상대가 아니었다.

아주 쉬운 상대였다.

―오오옷! 이민혁이 마루안 펠라이니를 가볍게 제쳐 냅니다! 마루안 펠라이니, 너무나도 무기력합니다!

―맨체스터 유나이티드는 이민혁에게 공간을 주면 안 되는데요!

공간이 넓게 펼쳐졌다.

슈팅을 때릴 수 있는 상황.

하지만 크리스 스몰링과 달레이 블린트가 눈에 불을 켜고 이쪽을 노려보고 있다. 저들만큼은 집중력이 살아 있다는 것.

'아마 슈팅을 때리면 몸을 날려서 막으려고 하겠지.'

이민혁은 저들의 반응을 예상할 수 있었다.

그래서 그들의 예상과는 다른 플레이를 해 주기로 했다.

휘익!

다리를 강하게 휘둘렀다.

크리스 스몰링과 달레이 블린트가 몸을 날렸다. 슈팅을 막으려는 움직임이었다.

이때, 이민혁은 휘두른 다리에 힘을 쭉 뺐다.

약하게 휘두른 발로 공을 가볍게 툭 찍어 찼다.

쉬이이익!

부드러운 포물선을 그리며 날아가는 공.

퉁!

공이 떨어진 곳엔 어느새 침투한 대니얼 스터리지가 슈팅을 때려 내고 있었다.

퍼어엉!

강하게 때려 낸 슈팅이었다.

더구나 골키퍼와 아주 가까운 거리인 페널티박스 안에서 나온 슈팅이었다.

제아무리 맨체스터 유나이티드의 골키퍼 다비드 데 헤아라고 해도 막아 내기 힘들 수밖에 없었다.

그런데.

—대니얼 스터리지! 때립니다! 억?! 마, 막아 냈습니다! 다비드 데 헤아! 말도 안 되는 선방을 보여 줍니다!

—놀라운 슈퍼세이브네요!

다비드 데 헤아는 엄청난 반응 속도로 대니얼 스터리지의 슈팅을 막아 내며, 자신이 왜 세계 최고의 골키퍼인지를 보여 줬다.

"우오오오오! 다들 정신 차려!"

다비드 데 헤아가 몸을 일으키며 크게 소리쳤다.

멋진 슈퍼세이브를 한 뒤에 내지르는 고함은 팀의 사기를 높이는 데 도움이 된다.

그러나 다비드 데 헤아는 알지 못했다.

금방 다시 위기를 맞게 될 거라는 걸.

*　　　　*　　　　*

다비드 데 헤아의 슈퍼세이브가 터진 직후.

리버풀의 코너킥이 선언됐다.

키커로 나선 선수는 애덤 럴라나.

—애덤 럴라나가 코너킥을 준비합니다! 애덤 럴라나, 강하게 찹

니다!

　─어어?! 이민혁에게 날아갑니다!

　애덤 럴라나가 길게 차올린 공이 대각선 뒤로 날아갔고.

　그곳에서 기다리고 있던 선수는 이민혁이었다.

　이민혁은 몸을 뒤로 눕히며 다리를 휘둘렀다.

　오버헤드킥.

　정확도가 낮은 슈팅으로 유명한 기술이었지만, 이민혁의 오버헤드킥은 조금 달랐다.

　[상대의 페널티박스 안에서 슈팅했습니다!]

　['페널티박스 안의 피니셔' 스킬 효과가 발동됩니다!]

　[슈팅의 정확도가 대폭 상승합니다.]

　[20% 확률로 '예리한 슈팅' 스킬 효과가 발동됩니다!]

　[슈팅의 정확도가 대폭 상승합니다.]

　발동된 2개의 스킬 효과.

　더불어 122라는 무지막지한 슈팅 능력치는 정확하고 강력한 오버헤드킥을 만들어 냈다.

　퍼어엉!

　강렬한 소음이 터졌고.

　빠르게 쏘아진 공은 순식간에 맨체스터 유나이티드의 골 망을 흔들었다.

철렁!

세계 최고의 골키퍼 중 하나인 다비드 데 헤아.

그는 아무것도 하지 못한 채, 제자리에서 딱딱하게 굳어 버렸다.

"…젠장! 이걸 어떻게 막아……."

다비드 데 헤아의 얼굴에 좌절이라는 감정이 떠올랐다.

맨체스터 유나이티드의 다른 선수들도 입 밖으로는 꺼내지 않았지만, 희망을 완전히 잃어버렸다.

'이민혁은 막을 수 있는 녀석이 아니야……'

'역시 발롱도르를 받은 선수라는 건가…? 수준이 달라도 너무 달라……'

'미친… 이민혁 저 자식, 너무 잘하잖아?'

'저런 오버헤드킥이라니… 저런 건 본 적이 없는데……'

'…쟨 못 막아.'

좌절해 버린 맨체스터 유나이티드는 무너졌다.

이미 무너져 있었지만, 더 크게 무너졌다.

─이민혁입니다! 이민혁이 집요하게 맨체스터 유나이티드의 측면을 뚫어 냅니다!

─마르코스 로호는 오늘 밤 잠을 못 이룰 것 같은데요? 이 정도면 꿈에서도 이민혁이 나올 것 같습니다!

마르코스 로호는 완전히 의지를 잃어버린 얼굴로 이민혁의 뒤를 쫓았다.

그러나 이민혁의 스피드를 따라잡을 수 있을 리가 없었다.

"헉… 헉!"

이민혁을 쫓다 보니.

마르코스 로호는 체력이 바닥나 버렸다.

이때, 이민혁은 최선을 다해서 달려오는 마르코스 로호 쪽으로 몸을 틀었다.

"헉?!"

갑작스레 방향을 바꾸는 이민혁의 움직임에 마르코스 로호가 중심을 잃고 바닥에 넘어졌다.

우와아아아!

함성이 터졌다.

리버풀의 팬들이 뿜어내는 함성이었다.

이민혁은 그 소리를 들으며, 슈팅 각을 잡았다. 그러자 달레이 블린트가 덤벼들었다. 이민혁은 휘두르던 왼발에 힘을 빼고 몸을 틀며 앞으로 튀어 나갔다.

이민혁이 슈팅을 할 것이라고 생각했던 달레이 블린트는 허무하게 뚫려 버렸다.

풀백과 센터백을 쉽게 뚫어 낸 이민혁의 눈앞엔 다비드 데 헤아가 서 있었다.

다비드 데 헤아는 긴장한 얼굴로 달려들었다.

멘탈이 무너졌음에도, 다비드 데 헤아의 움직임은 예리했다.

이민혁이 칩슛을 할 수 없게 순식간에 거리를 좁혀 버린 것이다.

'역시 잘하네.'

그런 다비드 데 헤아의 실력에 감탄하며, 이민혁은 발바닥으로 공을 끌었다. 동시에 몸을 빠르게 왼쪽으로 움직였다.

슬라이딩하던 다비드 데 헤아가 이민혁의 옆으로 미끄러졌다.

─우와아아아! 이민혁이 다비드 데 헤아마저 제쳐 냅니다! 다비드 데 헤아, 이민혁에게 완전히 속아 버렸습니다!

골키퍼까지 제쳐 버린 이민혁의 앞엔 텅 빈 골대가 보였다.

"한 골 추가요."

이민혁은 그곳으로 공을 밀어 넣었다.

                    *   *   *

「맨체스터 유나이티드, 리버풀에 10 대 0 충격 패!」

「리버풀, 유로파리그 16강 1차전에서 만난 맨체스터 유나이티드에게 10 대 0 완승.」

「맨체스터 유나이티드도 이민혁을 막지 못했다. 전 세계 축구 팬들, 세계 최고의 선수다운 경기력 펼친 이민혁에 열광하다.」

「이민혁, 5골 4어시스트 기록하며 맨체스터 유나이티드전 10 대 0 승리 이끌어!」

맨체스터 유나이티드와 리버풀의 유로파리그 16강 1차전.

리버풀이 압도한 경기였다.

결과 또한 압도적이었다.

10 대 0이었다.

프리미어리그 상위권 팀들이 맞붙은 결과라고 보기 힘든 결과였다.

당연하게도 리버풀의 팬들은 크게 기뻐했다.

ㄴ으하하핫! 맨체스터 유나이티드 놈들에게 제대로 굴욕을 줬구만! 저 자식들, 이제 고개도 못 들고 다니겠어!

ㄴ드디어 리버풀이 최고의 팀이 되어 가는 건가? 최고가 된 리버풀을 드디어 볼 수 있게 된 거냐고!

ㄴ난 이민혁을 위해서라면 모든 걸 줄 수 있어!!!!!! 리버풀은 축구황제를 위해 역대급 계약을 준비해야 할 거야.

ㄴ크흐흐! 미쳤다, 미쳤어! 이민혁이 있는 것만으로 이렇게나 팀이 강해질 줄이야.

ㄴ이민혁의 칭찬만 하면 안 돼. 위르겐 클롭이 팀을 바꿔 놓고 있다는 것도 잊지 마.

ㄴ위르겐 클롭은 세계 최고의 감독이지. 리버풀이 이토록 강해질 수 있던 건 이민혁과 위르겐 클롭의 공이야.

ㄴ맨체스터 유나이티드를 10 대 0으로 박살 내다니!!!! 이거 꿈 아니지?!

ㄴ마르코스 로호는 앞으로 축구선수 생활을 할 수 있을까? 이민혁에게 너무 심하게 얻어터져서 정신적으로 타격이 왔을 것 같

던데.

이처럼 리버풀의 팬들은 위르겐 클롭과 이민혁에게 극찬을 했고, 커다란 기쁨을 드러내고 있었다.

같은 시각, 한국 팬들의 반응은 조금 달랐다.

ㄴㅅㅂ;;;;; 이거 뭐야? 이민혁 뭐냐고;;;;; 잘해도 너무 잘하잖아? 이젠 무서울 지경이야.

ㄴ정말 약물이라도 한 건 아니겠지? 사람이 어떻게 축구를 저렇게 잘할 수가 있어? 그것도 한국인이;;;;;

ㄴ아ㅋㅋㅋㅋ 이건 진짜 규격 외의 선수 아님?ㅋㅋㅋㅋㅋㅋㅋ 밸런스 패치 해야 할 것 같은데?ㅋㅋㅋㅋㅋ

ㄴ얼ㅋㅋㅋㅋ게임이었으면 진즉에 밸런스 패치 들어갔지ㅋㅋㅋ 근데 놀라운 건 이게 다 현실이라는 거ㅋㅋㅋㅋ 이민혁, 이 미친놈, 맨체스터 유나이티드한테 5골 4어시스트를 박네ㅋㅋㅋㅋㅋㅋㅋ

ㄴ이민혁의 플레이를 보면 매번 소름이 돋음;;; 그리고 상대 선수들이 불쌍하게 보여ㅋㅋㅋ

ㄴ분데스리가에서 최고의 선수 먹고, 이제 프리미어리그까지 다 먹고 있고, 발롱도르까지 받았네ㅋㅋㅋㅋ 이민혁한테 검증이 더 필요하다고 했던 놈들 다 어디갔냐?

ㄴ진짜 이민혁은 시원시원하다. 근데 상대 선수들은 좀 불쌍함ㅋㅋㅋㅋ

해외 팬들과는 다르게, 한국 축구 팬들은 이민혁을 만날 팀들이 불쌍하다는 반응을 보였다.

물론 반은 농담이었다.

한국 축구 팬들 모두 이민혁의 활약에 즐거워하고 있었다.

그리고 지금.

"하하!"

이민혁 역시 환하게 웃으며 허공을 바라봤다.

[퀘스트를 완료하셨습니다!]

[퀘스트 내용: 맨체스터 유나이티드에게 10 대 0으로 승리하세요.]

[보상으로 경험치가 100% 증가합니다.]

[퀘스트를 완료하셨습니다!]

[퀘스트 내용: 맨체스터 유나이티드를 상대로 9개의 공격포인트를 기록하세요.]

[보상으로 경험치가 50% 증가합니다.]

[퀘스트를 완료하셨습니다!]

[퀘스트 내용: 맨체스터 유나이티드의 풀백을 상대로 15개의 돌파를 성공시키세요.]

[보상으로 경험치가 20% 증가합니다.]

[퀘스트를 완료하셨⋯⋯.]

⋯⋯.

[레벨이 올랐습니다!]
[레벨이 올랐습니다!]

"그래, 5골 4어시스트 정도 했으면 이게 맞지."

이민혁이 2개의 레벨이 오른 것에 만족하며, 상태 창을 바라보고 있을 때.

한 남자가 특유의 호탕한 웃음을 터뜨리며 다가왔다.

"크핫핫핫! 민혁, 자네는 정말 놀라운 괴물이야. 그런데 말이야……."

"…감독님?"

*　　　　　*　　　　　*

이민혁은 다가온 위르겐 클롭 감독을 바라봤다.

그는 여전히 웃는 얼굴로 말을 이었다.

"더 어려운 역할을 맡겨도 되겠나?"

"예? 더 어려운 역할요?"

이민혁의 눈이 커졌다.

더 어려운 역할이라니.

그는 이미 많은 역할을 소화하고 있었다.

윙어이면서 중원 싸움에 적극적으로 참여해 주고, 전방압박, 풀백 보호, 스로인, 프리킥, 페널티킥, 더구나 플레이 메이킹까지 도맡아서 하고 있지 않은가.

이처럼 다른 선수들은 혀를 내두를 만한 일들을 경기장 내에서 해내고 있었기에.

이민혁은 감독의 말에 쉽게 대답하지 않고 곰곰이 생각했다.

그는 프로였다.

되는 건 된다고 말하겠지만, 안 되는 건 솔직하게 안 된다고 말할 생각이었다.

팀 내에서 위치가 불안하면 뭐든지 할 수 있다고 말할 수도 있겠지만, 그는 명실상부 팀의 에이스였다.

할 수 없는 건 할 수 없다고 말할 위치인 것이다.

그렇게 생각을 거듭하던 이민혁이 마침내 고개를 끄덕였다.

"괜찮을 것 같아요. 근데 어떤 역할을 맡긴다는 거죠?"

"크핫핫핫! 자네라면 그렇게 대답해 줄 줄 알았어. 자세한 이야기는 훈련 때 하도록 하지. 우선 승리를 더 즐기시게. 오늘도 자네는 최고였어."

그 말을 끝으로 위르겐 클롭 감독은 호탕한 웃음을 터뜨리며 멀어졌다.

잠시 그의 뒷모습을 보던 이민혁이 시선을 돌렸다.

자세한 이야기가 뭔지 궁금하긴 했지만, 못 참을 정도는 아니었다.

그보다 더 중요한 일이 있었다.

"스탯 포인트는 써야지."

바로 능력치를 올리는 것이었다.

이민혁은 원래 올리려던 능력치 말고, 다른 능력치에 스탯 포인트를 투자했다.

[스탯 포인트 4를 사용하셨습니다.]
[체력 능력치가 4 상승합니다.]
[현재 체력 능력치는 104입니다.]

"감독님이 더 많은 역할을 맡길 것 같으니까 체력을 올려 두는 게 좋겠지."

이민혁은 생각했다.

위르겐 클롭 감독이라면 완전히 다른 역할을 줄 수도 있고, 지금의 역할에서 더 많은 임무를 줄 수도 있다고.

즉, 쉽게 예측할 수 없다고.

"다음 훈련이 기다려지네."

다음날, 이민혁은 위르겐 클롭 감독의 부름을 받았다.

"자네에게 다른 포지션을 주려는 건 아니야. 물론 자네는 다재다능하기에 필요할 때면 다른 포지션으로 뛰어 달라고 할 수도 있겠지만, 지금 당장은 아니야. 나는 자네가 할 일을 더 늘려 주려는 거야."

"그렇군요. 제가 뭘 하면 되죠?"

"기본적인 움직임은 지금처럼 가져가면 돼. 다만, 이런 상황에선……."

위르겐 클롭 감독의 말은 다음과 같았다.

특수한 상황에선 더 밑으로 내려가서 중앙수비수들을 보호해 달라는 것.

즉, 이민혁에게 때론 수비형 미드필더의 역할마저 소화해 달라는 뜻이었다.

"우선 해 볼게요."

체력을 올리길 잘했고, 여유가 생기면 태클 능력치도 올려 둬야겠다는 생각을 하며, 이민혁은 훈련에 들어갔다.

'오늘은 평소보다 더 빡센 훈련이 되겠어.'

* * *

맨체스터 유나이티드와의 유로파리그 16강 1차전이 끝난 이후.

리버풀 선수들은 꽤 긴 휴식을 부여받았다.

며칠간 휴식을 하고, 또 며칠간은 훈련에 몰두하며 다음 일정을 준비했다.

「맨체스터 유나이티드, 리버풀에 지난 경기 복수할 수 있을까?」

「맨체스터 유나이티드, 유로파리그의 10 대 0 굴욕 갚아 줄 수 있을까?」

「마루안 펠라이니, '어떻게든 이민혁을 막아 내고 리버풀에 승리할 것'이라며 승리에 대한 강한 의지 드러내.」

「판 할 감독, '리버풀에게 복수하기 위해 열심히 준비했다. 이번에 그 결과를 보여 줄 것'이라며 복수전 예고.」

리버풀의 다음 일정은 또 맨체스터 유나이티드였다.

유로파리그 16강 2차전을 펼쳐야 했기 때문이었다.

하지만 1차전에 비해서 선수들이 갖는 부담은 훨씬 덜했다.

'1차전에서 완전히 큰 점수 차이로 이겼잖아? 질 생각은 없지만, 만약에 2차전에서 지더라도 웬만하면 8강 진출엔 문제없을 거야.'

'1차전에서 10 대 0을 만들어 놨으니까, 2차전은 편안한 마음으로 뛸 수 있겠어.'

'부담 없이 뛰어야겠네.'

'우리가 지난번의 경기력만 나와 주면 맨체스터 유나이티드에게 질 수가 없지.'

이처럼 적어진 부담감은 자신감으로 바뀌었다.

승리를 확신하고 있었기 때문에 맨체스터 유나이티드 선수들이 강렬한 눈빛을 보내왔음에도 리버풀 선수들은 웃어넘길 수 있었다.

—맨체스터 유나이티드가 어떤 변화를 보여 줄까요? 지난 경기와 같은 전술로 나온다면 또다시 안 좋은 결과를 얻게 될 수 있거든요?

—맞습니다. 하지만 이번엔 판 할 감독과 선수들이 리버풀전을 대비해서 많은 걸 준비해 왔을 것 같습니다. 사전 인터뷰에서 판 할 감독이 굉장한 자신감을 보였거든요?

해설들의 말은 틀리지 않았다.

맨체스터 유나이티드 선수들과 판 할 감독의 얼굴엔 자신감이 드러났다.

이들은 지난 패배를 교훈 삼아 리버풀을 더욱 철저하게 분석하고, 훨씬 더 열심히 준비해 왔다.

그래서 오늘만큼은 리버풀을 이길 수 있을 거라고 믿고 있었다.

―맨체스터 유나이티드가 경기 초반부터 적극적인 공세를 보여주고 있습니다!

하지만.

목표는 항상 계획했던 대로 이루어지지는 않는다.

오히려 이뤄지지 않을 때가 훨씬 더 많다.

더구나 맨체스터 유나이티드의 판 할 감독과 선수들은 몰랐다.

리버풀의 에이스 이민혁이 1차전 때보다 더 많은 역할을 부여받았다는 걸.

그 역할을 완벽하게 소화해 낼 것이라는 걸.

「리버풀, 유로파리그 16강 2차전에서도 맨체스터 유나이티드 꺾고 유로파리그 8강 진출!」

「맨체스터 유나이티드, 유로파리그 16강 1차전에 이어서 2차전에서도 9 대 1 대패!」

「복수하지 못하고 또다시 굴욕당한 맨체스터 유나이티드, 팬들의 난동에 버스 이동 막혀.」

「판 할 감독, '운이 좋지 않았다. 또한, 주심의 판정도 이상했다. 전반전에 있었던 데얀 로브렌의 행동은 페널티킥이 주어졌어야 했다'라며 핑계를 대기 급급해.」

「축구황제 이민혁, 맨체스터 유나이티드전 6골 3어시스트 기록하며 압도적인 경기력 보여 줘!」

희망적이었던 맨체스터 유나이티드의 분위기는 싸늘하게 가라앉았다.

선수들은 좌절했고, 팬들은 분노하며 경기장을 빠져나갔다.

반면 리버풀의 팬들은 기뻐했다.

응원하는 팀이 역사상 최강의 전력을 보여 주고 있다는 사실에 행복을 느꼈다.

"요즘 리버풀은 정말 미쳤어. 아니, 미쳤단 말로도 부족해. 이민혁과 위르겐 클롭 감독이 온 이후로 팀이 완전히 바뀌었어! 지금의 리버풀은 레알 마드리드나 바르셀로나도 발라 버릴 것 같다니까?"

"맨체스터 유나이티드를 또다시 큰 점수 차이로 압도하다니……! 역시 이 경기를 보러 오길 잘했어."

"6골 3어시스트… 사실상 이민혁이 다 한 경기였어. 도대체 이민혁의 수준은 얼마나 높은 걸까?"

"항상 말하지만, 이민혁이 리버풀의 경기력을 완전히 바꿔놨어."

"다들 봤어? 오늘 이민혁은 더 발전한 모습을 보여 줬어. 이전과는 다르게 오늘은 수비수를 보호해 주기까지 했다고! 축구 좀 볼 줄 아는 사람들은 다 봤을 거야. 이민혁은 수비형 미드필더 역할까지 소화했어! 이건 정말 말도 안 되는 일이야!"

"오늘의 이민혁은 정말… 난 오늘로 확실하게 알았어. 리오넬 메시는 축구의 신이 아니었어. 진짜 축구의 신은 이민혁이었어!"

이번엔 한국 축구 팬들의 반응도 다르지 않았다.

ㄴ미쳤다… 요즘 영국에서 이민혁 인기가 미쳤다던데, 그럴 만하네. 저렇게 플레이하는 선수를 어떻게 안 좋아하겠어?

ㄴ요즘 이민혁은 걍 축신모드임. 상대를 안 가리고 다 발라 버림ㅋㅋㅋㅋㅋㅋ

ㄴ6골 3어시스트ㅋㅋㅋㅋㅋ 그것도 맨체스터 유나이티드한테ㅋ ㅋㅋㅋㅋ 이거 리얼 실화냐?ㅋㅋㅋㅋㅋ

ㄴㅋㅋㅋㅋㅋㅋㅋ 뭘 놀라고 그래? 이미 1차전에도 보여 줬었잖아ㅋㅋㅋㅋ

ㄴ리얼 축구황제다;;;;ㄷㄷㄷ 이 정도면 전 세계가 다 인정하겠네.

ㄴ발롱도르 받았으면 전 세계가 인정한 거 맞지.

ㄴ리버풀이 챔스 못 가게 된 게 너무 아쉽네. 유로파리그가 아니라 챔스였어도 우승했을 것 같은데.

ㄴ이제 이민혁이 프리미어리그도 우승하면 2개 리그 우승컵 가지고 있는 거네?

ㄴ심지어 월드컵 우승이랑 챔피언스리그 우승 2회, 아시안게임 우승도 있음ㅋㅋㅋㅋㅋㅋ

ㄴ프리미어리그 우승하면 라리가 우승컵만 들면 되겠네.

ㄴ아니, 근데 왜케 열심히 뜀?ㅋㅋㅋㅋ 이민혁 뛰는 것만 보면 내가 숨이 다 차더라.

ㄴ매번 활동량이 미친 수준임. 근데 오늘은 평소보다 더 뛰는 것 같더라;;;;;;

반면, 일본의 반응은 조금 달랐다.

ㄴ이민혁은 약물 검사를 철저하게 받아야 해. 분명 뒤에서 더러운 짓을 하고 있을 거야.

ㄴ맞아. 금지 약물을 하지 않고서 한국인이 이렇게나 축구를 잘할 수가 없어. 또, 저 체력도 말이 안 돼. 어떻게 저렇게 풀타임을 뛸 수 있는 거야?

ㄴ그냥 실력이 좋은 것 같은데? 그리고 내가 알기론 이민혁은 이미 약물 검사를 잘 하고 있다던데?

ㄴ일본 선수들은 약물이라도 좀 맞아야 해. 근데 이민혁은 확실히 수상하긴 해.

ㄴ맨체스터 유나이티드한테 6골 3어시스트라니… 지난 1차전엔 5골 4어시스트였지? 하하. 과연 축구황제라고 불리는 사나이답네.

ㄴ분하지만 이민혁은 대단해. 확실히 아시아 넘버원이야.

ㄴ애써 이민혁을 아시아 넘버원으로 낮추지 마. 이민혁은 전 세계가 인정하는 최고의 선수라고.

ㄴ슬프지만 이민혁은 리오넬 메시의 실력을 넘었어. 굳이 비교할 수 있는 선수는 전성기 지단이나 마라도나 정도랄까?

ㄴ이민혁이 그들보다 더 잘하지.

이민혁을 인정하는 일본 축구 팬들도 있었지만, 이민혁이 부정한 방법으로 실력을 높였다는 질투 섞인 반응이 더 많았다.

물론.

「이민혁, 2015/16시즌 가장 많이 약물검사받은 선수 1위 등극! 이민혁 향한 금지 약물 소문 전부 사라져.」

이민혁을 향한 약물설은 전 세계 축구 팬들에겐 비웃음거리가 될 뿐이었다.

다만, 당사자는 머리를 긁적였다.

"금지 약물이라니… 약은 절대 안 하지. 근데 아마도 약보다 더 효과가 좋은 걸 하고 있지."

그렇게 중얼거리며, 이민혁은 상태 창을 바라봤다.

[이민혁]

레벨: 236

나이: 22세(만 20세)

키: 183㎝

몸무게: 77㎏

주발: 양발

[체력 104], [슈팅 122], [태클 80], [민첩 104], [패스 95]

[탈압박 110], [드리블 130], [몸싸움 115], [헤딩 100], [속도 118]

스킬: [예리한 슈팅], [예리한 패스], [축구 재…….

스탯 포인트: 6

"금지 약물보다 더 엄청난 효과를 주는 이 시스템을 뭐라고 불러야 하나."

이민혁은 씨익 웃으며 스탯 포인트로 시선을 옮겼다.

맨체스터 유나이티드와의 2차전에서 총 3개의 레벨이 올랐고, 아직 스탯 포인트를 사용하지 않고 있었다.

굳이 사용할 필요성을 느끼지 못하기도 했었고, 경기에 너무 많이 집중하고 있었기 때문이었다.

물론 경기중에 썼다면, 6골 3어시스트보다 더 많은 공격포인트를 기록했을 수도 있다.

그러나 이민혁은 아쉬움을 느끼지 않았다.

"몰아서 쓰는 재미도 있으니까."

그렇게 말하며, 이민혁은 스탯 포인트를 사용했다.

[스탯 포인트 3을 사용하셨습니다.]
[체력 능력치가 3 상승합니다.]
[현재 체력 능력치는 107입니다.]

[스탯 포인트 3을 사용하셨습니다.]
[속도 능력치가 3 상승합니다.]
[현재 속도 능력치는 121입니다.]

그리고 지금.

이민혁은 생각에 잠겼다.

미래에 대한 생각이었다.

"프리미어리그에서 우승하고, 다음 시즌에 챔피언스리그에서도 우승하게 되면… 뭘 해야 할까?"

고민은 길게 이어지지 않았다.

이민혁의 머릿속에 떠오른 답은 단 하나였다.

"그땐 뭐, 스페인으로 가야지."

*   *   *

스페인 라리가.

세계적으로 유명한 레알 마드리드와 FC 바르셀로나가 있는 리그.

그만큼 강한 리그였다.

얼마나 강하냐면, 축구 팬들이나 전문가들은 흔히 프리미어리그, 분데스리가, 라리가를 하나로 묶어서 세계 3대 리그라고 부를 정도였다.

세계에서 가장 강한 리그 중 하나.

세계에서 가장 강한 팀으로 꼽히는 바르셀로나와 레알 마드리드가 있는 리그.

아직은 섣부른 생각이긴 하나, 이민혁은 다음 행선지로 라리가를 바라봤다.

"하지만 지금은 눈앞에 있는 경기들에 집중해야 해."

라리가를 바라보고 있긴 했지만, 지금 당장 뛰고 있는 프리미어리그는 절대 만만한 리그가 아니었다.

군이 비교하자면 분데스리가에서 뛸 때보다 더 치열한 느낌이었다.

그럴 만했던 게, 바이에른 뮌헨에 있을 땐 동료들이 전부 괴물이었다. 분데스리가의 다른 팀들보다 스쿼드가 압도적으로 좋았었다.

그럼 지금은?

선수들의 네임 밸류로만 따지면 리버풀은 최강이 아니다.

오히려 첼시나 맨체스터 시티가 스쿼드는 더 강해 보인다.

그리고.

프리미어리그의 팀들은 평균적으로 더 강한 느낌이었다.

어느 정도냐면 첼시, 맨체스터 시티, 아스널, 맨체스터 유나이티드와 같은 강팀들도 제법 자주 패배를 겪을 정도였다.

"그래서 재밌지만."

작게 중얼거리며, 이민혁은 저 앞에서 열심히 뛰고 있는 동료들을 바라봤다.

지금, 리버풀은 프리미어리그 31라운드 경기를 치르고 있었다.

상대는 사우샘프턴 FC.

종종 강팀들을 잡아 내는 무서운 팀이었다.

실제로 꽤 강한 팀이기도 했고.

"분위기가 안 좋은데?"

그런 사우샘프턴에게 리버풀 선수들은 크게 고전하고 있었다.

"다들 너무 지치기도 했고."

이민혁이 고개를 돌려 점수판을 바라봤다.

현재 시각은 전반전 43분, 스코어는 2 대 0이었다.

2골을 넣은 팀은 리버풀이 아닌, 사우샘프턴이었다.

　―사우샘프턴의 팬들이 열광하고 있습니다! 사우샘프턴! 홈에서 굉장히 강한 모습을 보여 주네요!

　―아무리 팀의 에이스인 이민혁이 출전하지 않았다고는 하나, 리버풀의 최근 분위기는 굉장히 좋았거든요? 그런 리버풀을 상대로 사우샘프턴이… 정말 대단합니다! 특히, 사디오 마네 선수의 실력이 돋보이는데요?

　―사디오 마네 선수, 굉장한 스피드와 드리블 능력을 지닌 선수네요. 사디오 마네가 오늘 리버풀을 효과적으로 괴롭혀 주고 있습니다.

　"전반전이 끝나기 전에 한 골은 넣어 주는 게 좋을 텐데."

　이민혁이 걱정스러운 얼굴로 경기장을 바라봤다.

　리버풀이 너무 밀리고 있었다.

　점수에서도 밀렸지만, 경기력에서도 밀리고 있었다.

　냉정하게 바라볼 때 전반전은 이대로 끝이 날 것 같았다.

　삐이이익!

　이민혁의 생각은 틀리지 않았다.

　전반전은 2 대 0으로 끝이 났다.

　"크핫핫핫! 다들 잘해 주고 있다. 다만……."

　위르겐 클롭 감독은 라커 룸에서 애써 호탕한 웃음을 터뜨리며 선수들을 다독였지만.

　얼굴은 붉게 달아올라 있었다.

'자존심이 상하셨겠지.'

오늘 위르겐 클롭 감독은 팀의 에이스인 이민혁에게 휴식을 주고도 승리할 수 있다는 걸 보여 주고 싶었을 것이다.

'이길 계획이었던 사우샘프턴에게 오히려 2점 차로 밀리고 있으니까.'

빨라진 말투로 전술에 대해서 연설을 펼치고 있는 감독을 바라보며, 이민혁은 상태 창을 점검했다.

'성장은 잘 되고 있어. 오늘도 선발 출전했으면 좋았겠지만, 휴식도 필요했으니까 어쩔 수 없지.'

*　　　　*　　　　*

삐이이이익!

후반전이 시작됐다.

여전히 이민혁은 벤치에 앉아서 경기를 지켜봤다.

열정적인 위르겐 클롭 감독 덕분이었을까?

후반전 초반의 분위기는 리버풀이 가져왔다.

심지어 후반전이 시작된 지 11분 만에 첫 골을 터뜨리기까지 했다.

—오리기! 오리기의 헤더! 쿠티뉴의 크로스를 깔끔한 헤딩으로 연결하네요!

—리버풀이 한 골을 넣으며 스코어는 이제 2 대 1이 됩니다!

이제야 따라갈 힘이 생긴 리버풀이었지만.

야속하게도 사우샘프턴은 다시 멀어졌다.

―고오오오오오올! 그라치아노 펠레입니다! 강력한 슈팅으로 리버풀의 골문을 열었습니다!

―그라치아노 펠레의 마무리가 아주 좋았네요! 그리고 수비수들의 시선을 돌린 사디오 마네의 드리블도 훌륭했습니다!

스코어는 3 대 1.

리버풀의 마음은 급해졌지만, 사우샘프턴의 수비는 쉽게 뚫리지 않았다.

버질 판데이크.

사우샘프턴 수비의 핵심이라고 불리는 이 91년생의 센터백은 리버풀을 상대로도 단단한 수비를 펼쳤다.

"되게 잘하는데?"

경기를 지켜보던 이민혁의 눈이 커졌다.

버질 판데이크의 경기력은 그가 보기에도 놀라운 수준이었다. 솔직히 말하면, 저런 선수가 왜 사우샘프턴에서 뛰고 있는지 이해가 되지 않을 정도였다.

그래서, 이민혁은 쉽게 예상할 수 있었다.

"저 친구는 머지않아 빅클럽으로 가겠네."

버질 판데이크의 미래가 아주 밝을 거라는 것을.

이처럼 침착하게 경기를 지켜보고 있는 이민혁과는 달리, 리버풀 벤치에서의 분위기는 좋지 못했다.

코치진들은 다급해졌고, 불안해하고 있었다.

ㅡ리버풀이 밀리고 있습니다!

그런 상황에서 리버풀은 사우샘프턴과 다시 한번 골을 주고
받았다.

ㅡ들어갔습니다! 골입니다! 쿠티뉴의 오른발이 터지네요! 멋진
중거리 슛이었습니다!

후반전 21분엔 리버풀의 골이 터지며 3 대 2 스코어가 됐고.

ㅡ오오옷! 드, 들어갔습니다! 누구죠? 아~! 버질 판데이크입니
다! 버질 판데이크가 코너킥 상황에서 엄청난 헤딩을 보여 줍니다!
ㅡ버질 판데이크는 수비수이면서도 골을 잘 넣는 선수죠~! 오
늘 인상적인 수비력을 보여 주고 있는데, 이젠 골까지 넣네요! 이
러면 사우샘프턴의 로날드 쿠만 감독이 굉장히 기분이 좋겠는데
요~?

후반 30분엔 사우샘프턴의 센터백 버질 판데이크가 헤딩골을
터뜨리며 4 대 2 스코어가 됐다.

남은 시간이 많지 않은 상황에서 터진 골.

리버풀에겐 절망적인 상황이 만들어졌다.

그런 상황에서.

"…어쩔 수 없군."

위르겐 클롭 감독은 결단을 내렸다.

—리버풀이 교체를 준비하네요? 누가 들어올… 오! 이민혁입니다! 이민혁이 들어올 준비를 하고 있습니다!

경기장에 함성이 터져 나왔다.

경기장 전체가 쩌렁쩌렁하게 울릴 정도로 거대한 함성을 들으며, 이민혁이 경기장에 입장했다.

"시간이… 추가시간까지 생각하면 한 15분 남았네."

시간은 적었다.

그럼에도 이민혁의 눈빛엔 자신감이 드러났다.

현재 상황이 불리하든, 유리하든, 그에겐 크게 상관이 없었다.

어차피 그는.

"어떻게 될지 모르겠지만, 최선을 다해 봐야지."

항상 최선을 다하는 선수였으니까.

*   *   *

이민혁이 들어온 것만으로.

경기장에 분위기가 바뀌었다.

리버풀 선수들의 눈빛이 강렬하게 변했다. 희망이 생겼다는 표정이었다.

'드디어 민혁이 들어왔어! 이러면 충분히 할 만하지!'

'리가 들어오면 이야기가 달라지지. 4 대 2로 밀리고 있지만, 저 녀석이라면 어떻게든 해 줄 거야.'

'이민혁은 매번 놀라운 모습을 보여 주는 친구니까, 이런 상황에서도 놀라운 모습을 보여 줄 거야.'

'민혁이 들어왔어. 드디어 숨통이 트이겠군.'

'든든한 친구가 들어왔군.'

반면, 사우샘프턴 선수들의 눈빛은 흔들렸다.

몇몇 선수들은 얼굴색마저 창백하게 변했다.

'젠장! 이민혁이잖아? 저 녀석, 오늘 쉬는 거 아니었어?'

'미친, 저놈은 왜 경기마다 출전을 하는 거야? 왜 안 지치는 거냐고?!'

'이민혁이 들어왔어? 아… 불안해지는데?'

'결국 괴물이 들어왔군. 하……! 쟬 어떻게 막아야 하나?'

'이민혁 저 자식, 컨디션이라도 안 좋길 바라야겠군.'

이처럼 이민혁의 존재감은 대단했다.

단순히 존재감만 대단한 게 아니었다.

이민혁이 들어온 것만으로 리버풀의 경기력이 변했다.

―이민혁이 밑으로 내려와서 공을 받아 줍니다. 확실히 이민혁이 들어오니까 리버풀의 연계가 눈에 띄게 부드러워지네요!

―안정적으로 공을 받아 주고, 뿌려 주는 선수가 들어온 효과죠. 역시 이민혁의 클래스는 대단합니다!

이민혁의 공을 지키는 능력은 전 세계 최고 수준이었다.

그럴 만도 했다.

현재 이민혁의 탈압박 능력치는 110이었고, 드리블은 능력치는 130이었으니까.

심지어 몸싸움 능력치도 무려 115였다.

최근 전문가들 사이에서 이민혁의 탈압박 능력은 바르셀로나의 안드레스 이니에스타, 레알 마드리드의 루카 모드리치와 동급이라는 평가를 받고 있었다.

그래서일까?

리버풀의 선수들은 공을 잡고 시간을 오래 끌지 않았다.

어지간하면 이민혁에게 공을 넘겨줬다. 지금 이 순간만큼은 이민혁 한 명이 리버풀의 전술 그 자체였다.

마치 바르셀로나의 리오넬 메시와 같은 존재.

그리고.

—이민혁이 한 명을 제쳐 냅니다! 직접 공을 몰고 들어갈 생각인가 보네요!

이민혁은 동료들의 믿음에 걸맞은 경기력을 보여 줬다.

—이민혁이 또다시 돌파해 냅니다! 오리올 로메우가 쉽게 제쳐지네요! 이민혁이 제대로 시동을 걸었습니다! 벌써 두 명째 뚫어내고 있습니다!

—마음먹고 드리블하는 이민혁을 막을 수 있는 선수는 거의 없

죠! 이민혁의 드리블은 전 세계 최고거든요!

두 명을 제쳐 낸 지금.

이민혁은 슈팅을 때리려고 했다.

이때, 사우샘프턴의 풀백 라이언 버트런드가 슬라이딩태클을 시도했다. 거친 태클이었고, 반칙이 되어도 괜찮다는 마음으로 들어온 태클이었다.

어떻게든 이민혁을 막겠다는 강한 의지가 만들어 낸 행동.

하지만 상대는 이민혁이었다.

거친 태클은 그에게 익숙했다. 당연하게도 피하는 것도 익숙했다.

―우와아아아! 이민혁이 라이언 버트런드의 태클을 피해 냅니다! 몸을 띄워서 태클을 피하는, 이민혁 특유의 움직임이죠! 이민혁, 화려합니다!

상대 풀백의 태클마저 피해 낸 지금.

이민혁의 앞엔 센터백 두 명이 보였다.

거대한 덩치와 뛰어난 수비력을 지닌 2명의 선수.

하지만 굳이 저들을 상대할 필요가 없었다.

이민혁에겐 저들의 키를 넘길 슈팅 실력이 있었으니까.

퍼어엉!

빠른 타이밍에 때린 슈팅이 아름다운 궤적을 그리며 날아갔다.

부메랑처럼 휘어져 들어간 공을 향해 사우샘프턴의 골키퍼가 몸을 날렸지만, 막아 내지 못했다.

이민혁의 슈팅은 아름다운 궤적을 그리면서도 강렬한 힘을 지니고 있었다.

철렁!

사우샘프턴의 골 망이 흔들렸다.

이민혁이 들어온 지 5분도 지나지 않아서 터진 골이었다.

—역시 이민혁입니다! 아름다운 슈팅으로 스코어를 4 대 3으로 만들었습니다!

—이민혁 선수는 다르네요! 벌써 경기장의 분위기를 바꿔 놨습니다! 이민혁 한 명으로 리버풀의 분위기가 완벽하게 살아났습니다!

골을 넣은 이민혁은 세리머니를 생략했다.

당연한 일이었다.

팀이 이기고 있다면 모를까 지고 있었고, 남은 시간도 별로 없었으니까.

그런데 이때.

자리로 돌아가던 이민혁이 작게 감탄했다.

"오……!"

그럴 수밖에 없었다.

눈앞에 떠오른 메시지의 내용이 강렬했으니까.

[퀘스트를 완료하셨습니다!]

[퀘스트 내용: 떨어진 팀의 기세를 골을 기록해 올려놓으세요.]
[보상으로 경험치가 20% 증가합니다.]

[퀘스트를 완료하셨습니다!]
[퀘스트 내용: 사우샘프턴전에서 3명을 제치고 골을 기록하세요.]
[보상으로 경험치가 20% 증가합니다.]

[퀘스트를 완료하셨⋯⋯.]
⋯⋯.

레벨이 오르진 않았지만, 한 골을 넣은 것치곤 많은 경험치를 받았다.

"팀이 지고 있어서 그런가? 사우샘프턴도 경험치 되게 많이 주네."

메시지를 확인한 지금, 이민혁의 눈이 빛났다.

현재 스코어는 4 대 3.

아직도 지고 있지만, 이민혁의 얼굴엔 미소가 지어졌다.

"오늘 레벨 올릴 수 있겠는데?"

그리고.

그 모습을 본 사우샘프턴의 선수들과 팬들의 몸엔 소름이 돋았다.

해설들 역시 닭살이 돋은 팔뚝을 쓰다듬으며 크게 소리쳤다.

—아⋯⋯! 이민혁 선수⋯⋯! 팀이 지고 있는데, 웃고 있어요!

＊　　　　　＊　　　　　＊

리버풀과 사우샘프턴의 경기가 치러지고 있는 이곳은 사우샘프턴의 홈구장이었다.

당연하게도 경기장에서 쏟아지는 함성은 대부분 사우샘프턴의 팬들이 보내는 것이었다.

그런데.

지금은 경기장의 분위기가 전반전과 비교할 수 없을 정도로 가라앉았다. 사우샘프턴을 응원하던 팬들이 내지르던 함성이 거의 사라졌기 때문이었다.

사우샘프턴의 팬들, 그들은 황당하다는 표정을 숨기지 못하고 있었다.

"이민혁 저 녀석… 웃고 있잖아? 시간도 별로 없고, 지고 있으면서도 여유를 부릴 수 있다는 건가?"

"자신감이 얼마나 대단하면 이런 상황에서도 웃을 수 있는 거지……?"

"우리 사우샘프턴을 상대로 그렇게 자신이 있다는 건가? 사우샘프턴엔 버질 판데이크가 있는데도……?"

"설마 이걸 역전할 수 있을 거라는 생각인 건가? 시간이 10분도 남지 않았는데? 저 녀석… 아무리 발롱도르를 탄 선수라고 해도 너무 건방진 거 아니야?"

"이민혁이 괴물이긴 하지만… 지금이 웃을 수 있는 상황은 아닐 텐데……?"

팀이 지고 있는 상황에서도 웃고 있는 이민혁 때문이었다

―허허……! 이민혁이니까 보여 줄 수 있는 여유입니다……! 이
민혁은 시간이 거의 없는 상황에서도 골을 만들어 낼 수 있는 선
수거든요? 실제로 투입된 지 5분도 지나지 않아서 한 골을 기록했
고요!
―이민혁이 대단한 자신감을 보여 주고 있습니다!

삐이이익!

경기가 재개됐다.
이민혁과 리버풀 선수들은 부지런하게 뛰어다니며 사우샘프
턴을 압박했다. 공을 돌리며 시간을 끄는 사우샘프턴의 공을 빼
앗기 위한 압박이었다.

―사우샘프턴이 이대로 경기를 끝내고 싶은 모양입니다! 신중하
게 볼을 돌리네요!

하지만 대놓고 시간을 끄는 사우샘프턴의 공을 뺏어 내기란
쉬운 일이 아니었다.

―버질 판데이크가 라이언 버트란드에게 패스합니다. 라이언 버
트란드, 다시 버질 판데이크에게 패스하네요. 버질 판데이크, 프레
이저 포스터 골키퍼에게 공을 연결합니다. 사우샘프턴, 효과적으

로 시간을 보내고 있습니다.

리버풀 선수들이 최선을 다해서 전방압박을 펼치고 있지만, 사우샘프턴은 얄미울 정도로 시간을 잘 끌었다.

─추가시간이 주어집니다. 추가시간은… 3분이 주어지네요!

경기 종료까지 시간이 얼마 남지 않은 지금.
이민혁이 급격히 방향을 틀었다.
'여기!'
상대의 심리를 예측한 슬라이딩태클을 시도했고, 그런 이민혁의 의도는 성공했다.

─어어?! 이민혁이 버질 판데이크의 패스를 끊어 냈습니다!

분명 시간은 부족했지만.
'침착하자.'
이민혁의 움직임은 급하지 않았다.
빠르지만 침착함을 유지하며 움직였고, 오히려 상대의 마음을 급하게 만들었다.
빨리 막지 않으면 이민혁이 슈팅을 때리거나 돌파를 시도할 것 같은 압박감이 사우샘프턴 수비수들의 마음속에 자리 잡았다.
"내가 막을게!"
가장 먼저 나선 선수는 버질 판데이크.

패스미스를 범해서 이민혁에게 기회를 준 그는, 직접 자신의 잘못을 해결할 생각이었다.

더구나 버질 판데이크는 자신의 수비 능력에 강한 자신감이 있는 선수.

그는 누구든 막을 수 있다는 확신을 가지고 있었다.

물론, 그 상대가 이민혁이어도 마찬가지였다.

'버질 판데이크… 되게 잘하던데.'

이민혁의 눈이 가늘어졌다.

벤치에 앉아 있을 때, 주의 깊게 봤던 선수였다.

곧 빅리그로 가게 될 것 같은 뛰어난 수준의 수비수 버질 판데이크.

'집중하자. 방심하면 뺏길 수도 있겠어.'

이민혁으로서도 신중해야 하는 상대였다.

휘익!

버질 판데이크는 빨랐다.

말 그대로 몸이 빨랐다. 민첩하고, 달리기도 빠르다.

게다가 피지컬도 좋다. 몸싸움에서 어지간하면 다 이길 정도로 괴물이다.

때문에, 이민혁은 자세를 낮추고 버질 판데이크의 움직임을 주시했다.

버질 판데이크와의 거리는 순식간에 좁혀졌다. 버질 판데이크는 기세에서 이길 생각이었는지 처음부터 거칠게 덤벼들었다.

퍼억!

순간 숨이 턱 막힐 정도로 강한 차징이었다.

피지컬에 자신 있는 이민혁이 튕겨 나갈 뻔했을 정도로.

하지만 이민혁은 버텨 냈다.

'페널티박스 근처에서 이렇게나 거칠게 덤빈다고? 반칙이 선언되지 않는 선에서 줄타기가 가능하다는 건가?'

대단한 자신감이야. 그렇게 중얼거리며, 이민혁이 상체를 돌렸다. 강하게 들어오는 버질 판데이크의 힘을 흘려 버리려는 의도였다.

한데, 버질 판데이크의 반응은 빨랐다.

'이걸 쫓아와?'

이민혁이 몸을 돌리는 것을 예상했다는 듯, 중심을 잃지 않고 달라붙었다. 그 스피드도 굉장히 빨랐다. 너무 민첩해서 당황스러울 정도였다.

'저 덩치에 저런 민첩성이라니… 괴물이네.'

버질 판데이크는 이민혁이 바이에른 뮌헨에 있을 때도 보지 못했던 유형의 수비수였다.

바이에른 뮌헨이 어떤 팀이던가.

괴물이란 괴물들은 죄다 모아 놓은 것 같은 팀이었다.

수비수들의 기량 역시 대단했다.

그러나, 지금의 버질 판데이크보다 잘한다고 말할 수 있는 수비수는 오직 한 명뿐이었다.

'필립 람, 그 양반 말고는 죄다 버질 판데이크에게 안 되겠는데?'

월드클래스 풀백인 필립 람만큼은 버질 판데이크보다 뛰어난 수비수였다.

다만, 더 까다로운 선수가 누구냐고 말한다면 버질 판데이크였다.

필립 람은 피지컬이 부족하다는 약점이 있지만, 버질 판데이크는 그런 약점이 없었으니까.

게다가.

'버질 판데이크는 아직 젊어. 분명 더 성장할 거야.'

버질 판데이크의 실력은 여기서 더 발전할 가능성이 높다.

이민혁의 감이 그렇게 말해 주고 있었다.

'역시 EPL에 오길 잘했다니까?'

씨익!

이민혁의 입꼬리가 올라갔다.

강한 상대를 만나면 실력이 빠르게 좋아진다. 더구나 즐겁기까지 하다.

그러니 웃음이 나올 수밖에 없지 않겠는가.

＊   ＊   ＊

─버질 판데이크가 필사적으로 이민혁을 상대하고 있습니다!

이민혁과 버질 판데이크.

두 선수의 대결은 치열했다.

하지만 더 여유가 있는 선수는 이민혁이었다.

강한 상대를 많이 만나 본 이민혁에겐 여러 가지 패턴이 존재했다.

그중엔 괴물 같은 수비수들을 이겨 낼 수 있는 패턴도 존재했다.

후웅!

이민혁이 왼쪽으로 완전히 몸을 숙였다.

굉장히 빠른 움직임. 이에 버질 판데이크가 반응했다. 재빨리 상체를 들이밀고 이어서 하체가 따라왔다. 이때, 이민혁이 왼발을 뻗어 공을 툭 밀었다. 공은 버질 판데이크의 양쪽 다리 사이로 파고들었다. 버질 판데이크의 하체가 움직이던 타이밍에 생긴 일이었기에, 버질 판데이크는 두 눈으로 보고도 당할 수밖에 없었다.

타앗!

버질 판데이크가 중심을 잡으려고 발버둥 칠 때.

그에게 알까기를 먹인 이민혁은 이미 사우샘프턴의 페널티박스 안으로 침투하고 있었다.

─이민혁입니다! 이민혁이 버질 판데이크를 제쳐 냈습니다! 이민혁! 아주 좋은 기회입니다!

페널티박스 안으로 침투하자, 사우샘프턴의 또 다른 센터백 조제 폰트가 달려왔다. 물론 이민혁은 그가 덤벼들기까지 기다려 줄 생각이 없었다.

휘이익!

이민혁은 사우샘프턴의 골대 구석을 바라보고 때려 냈다.

골키퍼는 안중에도 없었다. 원하는 위치로 정확하고 강하게 때려 내면 그 어떤 골키퍼도 막지 못할 거라는 확신이 있었으니까.

퍼어엉!

발의 안쪽으로 강하게 감아 찬 슈팅.

공은 엄청난 속도로 골대 구석으로 쏘아졌고.

사우샘프턴의 프레이저 포스터 골키퍼는 몸을 날리지도 못한 채, 허탈한 얼굴로 우뚝 서 있었다.

─고오오오오오오올! 이민혁입니다! 이민혁이 동점골을 만들어 냈습니다아아아!

─역시 팀을 위기에서 구해 주는 건 이민혁이네요! 리버풀의 에이스가 오늘도 팀을 구해 내고 있습니다!

우와아아아아아아!

경기장에 함성이 쏟아졌다.

그 함성을 들으며, 이민혁은 프레이저 포스터 골키퍼를 향해 달렸다. 정확히는 그가 서 있는 곳 옆에서 굴러다니는 공을 줍기 위해서였다.

세리머니는 없었다.

현재 스코어는 4 대 4.

이민혁의 목표는 무승부가 아니었다.

당연히 세리머니를 할 여유는 없다.

남은 시간은 기껏해야 1분 남짓.

지금은 추가골을 노릴 시간이었다.

'할 수 있어.'

이민혁은 공을 옆구리에 낀 채, 자신의 자리를 향해 달렸다.

또한, 동점골에 기뻐하며 달려오는 동료들을 향해 얼른 자리로 돌아가라고 외쳤다.

"다들 돌아가서 다음 골 준비해요!"

자신의 자리로 달리며, 이민혁은 눈앞에 떠오른 메시지를 바쁘게 확인했다.

[퀘스트를 완료하셨습니다!]

[퀘스트 내용: 팀이 지고 있는 상황에서 귀중한 동점골을 기록하세요.]

[보상으로 경험치가 대폭 증가합니다.]

[퀘스트를 완료하셨습······.]

······.

[레벨이 올랐습니다!]

레벨이 올랐다는 메시지.

첫 골을 넣었을 때 받았던 경험치와 합쳐진 결과였다.

이민혁은 재빨리 스탯 포인트를 사용했다.

[스탯 포인트 2를 사용하셨습니다.]

[태클 능력치가 2 상승합니다.]

[현재 태클 능력치는 82입니다.]

사우샘프턴은 동점골을 허용하기 전부터 공을 돌리며 시간을 끌었다.

이민혁은 그들이 동점골을 허용한 지금도 시간을 끌 것이라고 예상했다. 그래서 선택한 게 태클 능력치를 올리는 것이었다.

'공을 뺏을 확률을 조금이라도 높여야 해.'

골을 넣으려면 우선 공을 잡아야 했으니까.

—리버풀의 분위기가 완전히 살아났습니다! 하지만 시간이 너무 부족하네요. 남은 시간은 겨우 1분 정도입니다!

—이민혁 선수를 조금 더 빨리 투입했으면 더 좋은 결과가 나오지 않았을까요?

해설들은 이대로 경기가 끝날 거라고 예상하며 말을 이어 갔다.

그만큼 시간이 부족했다.

더구나 사우샘프턴은 프리미어리그의 강팀 리버풀을 상대로 무승부라도 거두겠다는 의지를 보였다.

즉, 계속해서 공을 돌리고 있었다.

그런 사우샘프턴을 상대로 리버풀 선수들은 필사적으로 압박을 펼쳤다.

역습을 최대한 배제한 채로 공을 뺏어 내는 것에 집중했다.

이때, 사우샘프턴의 풀백 라이언 버트란드가 측면에서 고립됐다. 오리기와 이민혁이 달라붙어 라이언 버트란드를 강하게 압박했다. 라이언 버트란드는 등을 지고 공을 지켜 내 보려고 했지만, 상황이 여의치 않았다.

하지만 라이언 버트란드는 영리한 수비를 하는 선수.

공을 상대 선수의 몸에 맞춰서 아웃을 만들 계획을 세웠다.

터엉!

라이언 버트란드가 기습적으로 다리를 휘둘렀다.

리버풀의 이민혁이나 오리기의 몸에 맞고 골라인 아웃이 될 거라는 확신을 가진 채, 쏘아진 공을 바라봤다.

그때였다.

"……?!"

라이언 버트란드의 눈엔 보였다.

낮고 빠르게 쏘아진 공을 향해 무릎을 내미는 이민혁의 모습이.

그의 무릎에 맞은 공이 라이언 버트란드 자신에게 되돌아오는 것이.

투웅!

라이언 버트란드가 재빨리 몸을 빼려고 했지만.

이미 공은 그의 몸에 맞고 골라인 바깥으로 날아가 버린 뒤였다.

─오오?! 코너킥입니다! 이민혁이 코너킥을 만들어 냈습니다! 이러면 리버풀에게 마지막 기회가 생겼는데요?

─과연 기적이 일어날 수 있을까요? 이제 남은 시간은 없습니다! 리버풀에겐 이번 코너킥이 정말 유일한 기회입니다!

필리페 쿠티뉴가 코너킥을 준비했다.

그는 신중하게 공을 만진 뒤, 주심의 신호를 기다렸다.

이윽고 주심의 신호가 떨어지자, 자신 있는 오른발로 공을 때려 냈다.

퍼어엉!

높고 빠르게 쏘아진 공이 사우샘프턴의 페널티박스 안으로 향했다.

페널티박스 안에 있던 모든 선수가 땅을 박차고 몸을 띄웠다.

이민혁 역시 마찬가지였다.

최근 헤딩에 굉장히 자신감이 붙은 그는 자신 있게 몸을 띄우며 날아오는 공을 바라봤다.

'넣을 수 있어!'

그러나.

이민혁을 마크한 상대가 버질 판데이크라는 게 문제였다.

*   *   *

버질 판데이크.

수비 능력도 뛰어나지만, 공중볼 경합에서만큼은 상대가 없다고 해도 과언이 아닐 정도로 괴물이었다.

실제로 수비수로서는 아직 성장 중이라는 평가가 많았지만, 공중볼 경합만큼은 완성이 된 수비수라는 평이 대부분이었다.

물론 전문가들이나 팬들이 내리는 평가는 그저 그들의 평가일 뿐이었다.

진실은 본인과 동료들만이 알았다.

그러나.

공중볼 경합에서 상대가 없다는 평가만큼은 사실에 가까웠다.

적어도 이민혁은 그렇게 느꼈다.

퍼어억!

'윽……! 무슨 벽이랑 부딪친 것 같네.'

이민혁이 어금니를 강하게 씹으며 버질 판데이크의 팔을 뿌리쳤다. 날아오는 공에 집중하고 싶지만, 쉽지 않았다. 버질 판데이크의 방해는 그만큼 거슬렸다.

하지만, 이민혁 역시 공중볼 경합 훈련을 꾸준히 해 온 선수.

더구나 '헤딩 재능', '바디 밸런스', '몸싸움 재능', '높은 점프력' 스킬의 효과까지 받는 상황이었다.

제아무리 버질 판데이크가 공중볼 경합에서 괴물과 같은 능력을 지녔다고 해도, 이민혁은 지지 않을 자신이 있었다.

'이길 수 있어!'

이민혁은 버질 판데이크와 거칠게 경합하면서도 끝까지 날아오는 공의 움직임을 놓치지 않았다.

높은 집중력 때문일까? 아니면 꾸준한 공중볼 경합 훈련 때문일까?

이민혁은 버질 판데이크와의 경합 속에서도 날아오는 공을 머리에 맞히는 것에 성공했다.

다만, 슈팅으로 만들진 못했다.

간신히 머리로 공을 떨어뜨려 놓는 게 최선이었다.

휘익!

이민혁의 고개가 돌아갔다.

그의 시선이 공의 움직임을 쫓았다.

공은 골대 바로 앞에 툭 떨어졌다.

잔디 위에 떨어진 공이 다시 튕겨 올라오려고 했다.

그 순간, 누군가의 발이 공을 향해 뻗어졌다.

공이 튕겨 오르기 직전에 뻗어진 발.

그 발은 공을 앞으로 밀어냈다.

툭!

혼전 상황에서 나온 슈팅.

그 예상치 못한 슈팅에 사우샘프턴의 프레이저 포스터 골키퍼
는 반응하지 못했다.

철렁!

사우샘프턴의 골 망이 흔들렸고.

"우어어어어어!"

기적적인 버저비터 골을 넣은 디보크 오리기가 잔뜩 흥분한
채로 유니폼을 벗어 던졌다.

*   *   *

[퀘스트를 완료하셨습니다!]

[퀘스트 내용: 사우샘프턴전에서 팀의 역전골을 도우세요.]

[보상으로 경험치가 20% 증가합니다.]

[퀘스트를 완료하셨습니다!]

[퀘스트 내용: 팀의 마지막 기회입니다. 어시스트를 기록해 동료의 골을 도우세요.]

[보상으로 경험치가 30% 증가합니다.]

[퀘스트를 완료하셨습니다!]

[퀘스트 내용: 후반전에 교체 투입된 경기에서 3개의 공격포인트를 기록하세요.]

[보상으로 경험치가 50% 증가합니다.]

[퀘스트를 완료하셨…….]

…….

[레벨이 올랐습니다!]

경험치가 올랐다는 메시지들과 레벨이 올랐다는 메시지가 눈앞에 떠오른 지금.

이 모든 것들은 이민혁의 관심을 끌지 못했다.

"하하… 진짜 됐네……?"

바닥에 주저앉은 채, 골을 넣은 동료를 바라봤다.

"디보크 오리기… 저 친구는 신기하게 중요한 골을 잘 넣어준단 말이야?"

디보크 오리기는 흥분을 가라앉히지 못하고 있었다.

웃통을 벗은 채로 경기장을 뛰어다니며 팬들의 함성을 받고 있었다. 이때, 이민혁은 상대 팀인 사우샘프턴의 선수들을 바라봤다.

사우샘프턴 선수들은 고개를 숙이고 한숨을 쉬고 있었다.

이들은 90분이 넘는 시간 동안 열심히 쌓아 온 탑이 무너진 기분을 느끼고 있었다.

'허탈하겠지.'

경기는 그대로 종료됐다.

리버풀의 역전승이었다.

경기에서의 감정이 남아 있었지만, 양 팀 선수들은 프로답게 인사를 나눴다.

이민혁 역시 경기장을 돌아다니며 동료들을 격려하고, 사우샘 프턴 선수들과 악수를 나눴다.

그때였다.

"민혁!"

큰 덩치를 지닌 한 선수가 다급하게 달려왔다.

"…버질 판데이크? 오늘 좋은 경기였어요."

이민혁은 의아했지만, 버질 판데이크를 향해 웃으며 손을 내밀 었다.

그런데 그는 내 손을 잡지 않았다.

버질 판데이크는 눈을 동그랗게 뜬 채, 질문을 쏟아 냈다.

"어떻게 그렇게 잘할 수 있어? 그리고 난 공중볼 경합에서 공을 내준 적이 거의 없는데, 마지막 상황에서 어떻게 나를 상대로 공을 딸 수 있었던 거야? 그리고 나를 제쳤을 때 드리블, 그건 또……."

"잠깐, 잠깐!"

이민혁이 손바닥을 들어 버질 판데이크의 말을 막았다.

더 듣고 있기엔 귀가 아플 것 같았다. 그만큼 질문이 많았다. 게다가 버질 판데이크는 상대 팀 선수였다.

굳이 그의 질문에 답을 해 줄 필요가 없었다.

그래서, 이민혁은 솔직한 생각을 말했다.

"버질, 당신이 궁금한 게 많은 건 알겠어요. 하지만 우린 같은 팀이 아니잖아요? 당신의 질문들에 대한 답변은 우리가 같은 팀에서 뛰게 된다면 해 드릴게요."

"…같은 팀이 되면 말해 준다는 거지? 알겠어."

버질 판데이크는 순순히 대답을 한 채, 몸을 돌렸다.

미련이 조금도 없어 보이는 그 모습에 이민혁은 머리를 긁적였다.

"되게 쿨하네."

물론 이민혁은 예상하지 못했다.

머지않아 버질 판데이크와 동료가 될 거라는 사실을.

"스탯 포인트나 쓰자."

이민혁은 상태 창을 확인했다.

높이고 싶은 능력치는 많았지만, 효율을 따져야 했다.

'최근, 만난 상대들이 수비에 치중하는 경우가 많아졌어. 오늘도 그랬고. 음… 아무래도 전방압박에 더 힘이 실릴 수 있게 해야겠는데?'

윙어인 이민혁이 상대에게 전방압박으로 부담을 줄 방법은 몇 가지가 있다.

체력이 좋아서 꾸준히 압박할 수 있어야 하고, 빠른 스피드로 상대를 급하게 만들어야 했다.

이런 방법들 외에도 몇 가지가 더 있지만, 가장 중요한 건 상대의 공을 뺏을 수 있는 능력이었다.

이민혁은 그렇게 생각했다.

[스탯 포인트 2를 사용하셨습니다.]
[태클 능력치가 2 상승합니다.]
[현재 태클 능력치는 84입니다.]

리버풀과 사우샘프턴과의 경기는 치열했고, 한 편의 드라마처럼 재밌었다.

그래서일까?

이 경기의 결과는 영국을 넘어 전 세계적으로도 큰 화제가 됐다.

「리버풀, 사우샘프턴에 짜릿한 역전승! 4 대 2 상황에서 만든 기적은 모두를 놀라게 했다!」

「사우샘프턴의 로날드 쿠만 감독, '비록 패배했지만, 나는 우리 선수들이 자랑스럽다. 우리는 오늘 리그 1위 팀인 리버풀을 상대로 굉장히 잘 준비했고 잘 싸웠다. 경기는 내가 생각한 대로 흘러갔다. 솔직하게 말하면 이길 수 있다고 생각했었다. 그러나 이민혁이 모든 걸 망쳐 놨다. 이민혁이 들어온 순간부터 내 전술, 내 계획은 모두 무너졌다. 하지만 나는 발전하는 감독이다. 다음에는 더 나은 전술을 들고나와 이민혁이 뛰는 리버풀을 잡아 낼 것'이라며 강한 승부욕 드러내.」

「이민혁, 후반전에 들어가 2골 1어시스트 기록! 리오넬 메시를 넘은 선수다운 경기력 펼쳐.」

「버저비터 골 넣은 디보크 오리기, 상의 탈의 세리머니 펼쳐!」

「리버풀의 영웅 이민혁, 사우샘프턴과의 경기에서 팀을 구해 내.」

「위르겐 클롭 감독, '우리는 개개인의 활약보단 팀의 활약에 집중한다. 개인보단 팀이 더 우월하다. 그러나… 이민혁은 예외다. 이 친구는 홀로 팀을 무너뜨릴 수 있는 선수다'라며 이민혁의 활약 칭찬하다.」

전 세계적으로 리버풀과 사우샘프턴의 경기에 관한 기사가 생성됐고.

전 세계 축구 팬들의 반응도 뜨거웠다.

ㄴ후반전에 들어와서 2골 1어시스트를 기록한다고……? 웃음밖에 안 나오네. 이민혁을 보면 그냥 영화의 주인공 같아. 말도 안 되는 일들을 매번 해내잖아.

ㄴ이민혁의 플레이는 경이로워. 앞으로 이런 선수가 또 나올 수 있을까?

ㄴ위르겐 클롭이 저렇게까지 칭찬을 한다고? 역시 이민혁은 다르네. 솔직히 이민혁을 보면 펠레나 마라도나가 생각날 정도야.

ㄴ펠레나 마라도나의 경기를 보긴 봤어? 그 선수들 경기 영상 잘 찾아 보면 알 게 될 거야. 분명 위대한 선수들이지만, 이민혁이 더 잘한다는 걸.

ㄴ이민혁은 20세의 나이에 오를 수 없는 축구황제의 자리에 올랐어. 이건 그 누구도 할 수 없는 일이지. 당장 오늘 치러진 리버풀과 사우샘프턴의 경기를 봐! 누가 이민혁처럼 할 수 있겠어? 얜 진짜 괴물이야.

ㄴ이민혁은 리오넬 메시와 크리스티아누 호날두의 시대를 끝낸
인물이지.

ㄴ기적과도 같은 역전승이라고? 하하! 나는 그냥 이렇게 말하고
싶군. '이민혁'이 '이민혁' 했다.

＊　　　　＊　　　　＊

리버풀의 팀 내 분위기는 아주 좋았다.

체력이 떨어진 상태에서 힘든 경기를 치렀지만, 결국 사우샘
프턴을 이겼기 때문이었다.

더구나 다음 일정까지 10일이 넘게 남아 있었다.

이 정도 기간이라면 선수들이 체력을 회복하기에 충분한 시
간이었다.

시간은 빠르게 지나갔다.

체력을 회복한 리버풀은 시즌 초에나 보여 주던 엄청난 경기
력을 펼쳤다.

첫 번째 희생양은 토트넘이었다.

「이민혁, 토트넘과의 경기에서 풀타임 소화하며 3골 3어시스트
기록!」

「토트넘, 필사적으로 싸웠지만 리버풀에겐 역부족. 6 대 2로 대패!」

「해리 케인과 손흥민, 각각 한 골씩을 넣으며 토트넘의 마지막 자존
심 지켜 내.」

「리버풀, 토트넘 상대로 6 대 2 대승! 다시 살아난 경기력 보여 주며

팬들 열광시켜!」

두 번째 희생양은 보루시아 도르트문트였다.

위르겐 클롭 감독의 친정팀이기도 한 도르트문트는 유로파리그 8강에서 만난 리버풀을 상대로 괜찮은 경기를 펼쳤지만 역부족이었다.

「리버풀, 유로파리그 8강 1차전에서 보루시아 도르트문트 상대로 4 대 1 승리!」

「이민혁, 해트트릭 기록하며 보루시아 도르트문트에게 또다시 악몽을 선사하다.」

「리버풀과 맞불 작전 펼친 보루시아 도르트문트, 결과는 씁쓸한 패배.」

이처럼 두 경기 연속으로 상대를 압도한 지금.

"유로파리그도 꽤 짭짤하단 말이야?"

이민혁은 웃음기 가득한 얼굴로 눈앞의 메시지들을 바라봤다.

[퀘스트를 완료하셨습니다!]
[퀘스트 내용: 유로파리그 8강에서 팀의 승리를 이끄세요.]
[보상으로 경험치가 대폭 증가합니다.]

[퀘스트를 완료하셨…….]
…….

…….

[레벨이 올랐습니다!]

레벨이 올랐다는 메시지.

그걸 보며, 이민혁은 늘 그랬듯 스탯 포인트를 사용해 능력치를 올렸다.

이처럼 이민혁의 실력은 계속 성장했고, 자연스레 리버풀의 전력도 강해졌다.

「리버풀, 스토크시티 상대로 5 대 1 스코어 기록하며 승리!」

「이민혁, 1골 1어시스트 기록하며 압도적인 득점왕, 도움왕 페이스 이어가.」

리버풀은 프리미어리그 33라운드에서 만난 스토크시티와의 경기에서도 압도적인 스코어로 승리를 거뒀고.

「리버풀, 유로파리그 8강 2차전에서 또다시 보루시아 도르트문트 잡아내며 4강 진출!」

「도르트문트, 리버풀에게 완전히 무너지다! 3 대 0 패배!」

「도르트문트 킬러 이민혁, 해트트릭 기록하며 리버풀을 유로파리그 4강으로 이끌어!」

도르트문트와의 2차전에서도 승리하며 유로파리그 4강에도 진출했다.

이처럼 팀의 좋은 분위기가 이어지는 상황에서.

이민혁은 그의 플레이 스타일에 변화를 줄 스킬을 얻게 됐다.

[레벨 240을 달성하셨습니다!]

[스킬이 지급됩니다.]

['감각적인 위치선정'을 습득하셨습니다.]

Chapter. 2

리버풀은 도르트문트와의 2차전에서도 승리하며 유로파리그 4강에 진출하는 것에 성공했다.

그 이후.

리버풀은 평소와 다를 것 없이 훈련에 집중하며 다음 일정을 기다렸다.

선수들의 포지션, 플레이 스타일에도 변화는 없었다.

이상한 일은 아니었다.

EPL, 그것도 리버풀에서 뛸 정도면 이미 스타일이 완성된 선수들이었으니까.

시즌이 진행되는 도중에 선수들의 스타일과 포지션이 바뀌는 게 오히려 더 이상한 일이다.

그런데.

유일하게 한 선수가 변화된 모습을 보여 주고 있었다.

철렁!

리버풀의 골 망이 크게 흔들렸다.

연습경기가 시작된 이후로 벌써 세 번째였다.

"뭐야?! 민혁! 이제 겨우 10분밖에 안 지났다고! 오늘은 대체 몇 골이나 넣으려고 이러는 거야?"

"최근에 골을 더 잘 넣는 것 같단 말이야?"

"설마 도르트문트전이 끝난 이후에 또 깨달음이라도 얻은 거야? 이젠 스트라이커로 뛰어도 되겠어. 뭐, 골은 이미 압도적으로 득점왕 페이스를 달리고 있긴 하지만."

"골문 앞에서의 움직임이 더 좋아진 것 같은데? 더… 성장했다고? 물론 말도 안 되는 일이긴 하지만, 이민혁은 말도 안 되는 일을 해내는 녀석이니까……."

"민혁! 도대체 어떻게 된 거야?"

리버풀의 선수들은 이민혁의 플레이를 이번 시즌 내내 봐 오고 있다. 더구나 연습경기 때마다 직접 상대해 오고 있다.

때문에.

이민혁에게 생긴 변화를 확실하게 느끼고 있었다.

"컨디션이 좋아서 그런가……? 아무래도 그런 것 같은데요?"

이민혁은 대충 둘러대며 허공으로 시선을 옮겼다.

그곳엔 유로파리그 4강에 진출하며 얻은 스킬의 정보가 떠 있었다.

[감각적인 위치선정]

유형: 패시브

효과: 상대의 페널티박스 안에 있을 때, 공이 올 위치를 감각적으로 알게 됩니다. *감각이 항상 들어맞지는 않습니다.

레벨이 240이 되며 얻은 감각적인 위치선정 스킬.

이 스킬의 효과는 대단했다.

이민혁이 생각했던 것보다 훨씬 더.

'골 냄새를 맡는 감각이 너무 좋아졌어. 동료들의 말처럼 스트라이커로도 뛸 수 있겠는데?'

페널티박스 안에 있을 때, 공이 올 것 같은 위치에 서 있으면 정말 그곳으로 공이 올 때가 많아졌다.

이민혁 정도의 실력자에게 이런 능력이 생겼다?

골을 넣는 게 더욱 쉬워질 수밖에 없었다.

'다음 경기가 기대되는데? 분위기만 잘 타면 꽤 많은 골을 넣을 수도 있겠어.'

이민혁의 눈에 기대감이 드러났다.

＊　　　　＊　　　　＊

리버풀의 다음 일정은 리그에서 만난 본머스와의 경기였다.

이 경기가 시작되기 전, 양 팀의 선발 명단이 공개되었을 때.

이때만 해도 화제가 될 일은 없었다.

리버풀과 본머스 모두 선발로 나오던 선수들이 선발 명단에 들어가 있었으니까.

기껏해야 한두 명 정도만 로테이션을 위해 명단에 들어가지 않았을 뿐이었으니까.

그런데.

경기가 시작되었을 땐 달라졌다.

경기장에 있던 리버풀의 팬들이 웅성거리기 시작했고.

"어? 뭐야? 이민혁 위치가 평소랑 다른데?"

"이민혁이 왜 저기에 있지……?"

"위르겐 클롭 감독이 다시 한번 마법을 쓰려는 건가? 저 사람, 선수에게 새로운 포지션을 찾게 해 주는 것엔 도가 튼 사람이잖아."

"이민혁이 왜 최전방에 서 있는 거야? 이민혁은 원래 윙어잖아? 아, 물론 이민혁이라면 공격수로도 잘 할 것 같긴 하지만……."

"스트라이커 이민혁? 본머스를 상대로 새로운 실험을 해 보는 건가?"

"내가 알기로 이민혁이 과거엔 스트라이커로 뛰었던 경험이 있는 것으로 알고 있어. 근데 프리미어리그에서도 괜찮으려나?"

전 세계 축구 팬들이 모인 커뮤니티도 뜨겁게 불탔다.

ㄴ오? 뭐야?! 이민혁이 스트라이커로 나왔잖아? 이거 흥미로운데?

ㄴ윙어로도 말도 안 될 정도로 많은 골을 넣고 있는데, 이젠 스트라이커라고? 도대체 얼마나 많은 골을 넣으려는 거야?

ㄴ피르미누는 더 이상 리버풀에서 뛸 수 없겠군.

ㄴ와우! 이민혁은 분명 스트라이커로도 잘할 거야. 그리고 리버풀의 공격수들은 이제 직업을 잃게 되겠지.

ㄴ이민혁의 실력은 의심할 수가 없지만, 스트라이커로 뛰는 이민혁은 익숙하지 않아서 어찌 될지 모르겠네.

ㄴ못해도 1골은 넣겠지. 이민혁이잖아.

ㄴ확실한 건 오늘 리버풀의 경기력을 기대해도 된다는 거야. 위르겐 클롭 감독은 이유 없이 선수의 포지션을 바꿀 사람이 아니잖아? 분명 이민혁이 스트라이커 위치에서도 미친 듯이 잘하니까 넣은 걸 거야.

이처럼 축구 팬들의 관심을 받는 상황에서.

삐이이이익!

경기가 시작됐다.

─스트라이커로 출전한 이민혁 선수가 오늘 어떤 모습을 보여줄지 기대가 되는데요?

─하하! 아마 경기를 지켜보시는 팬 분들께서 많이 놀라셨을 것 같습니다. 하지만 리버풀에서도 이민혁 선수를 최전방 스트라이커로 출전시킨 이유가 있을 거거든요? 워낙 기본기가 좋고, 볼을 지키는 능력도 좋고, 슈팅은 말할 것도 없는 선수이기 때문에 스트라이커로서도 충분히 좋은 모습을 보여 줄 거라는 생각이 듭니다.

리버풀은 경기 시작과 동시에 빠르게 공을 주고받으며 천천히 라인을 올렸다.

본머스는 자리를 지키며 수비하는 지역방어를 택했다. 강한 압박을 펼쳐서 리버풀과 싸우기엔 체력소모가 크고, 그렇게 되면 후반전에 무너져 버릴 거라는 걸 알기 때문이었다.

이러한 본머스의 수비는 효과적이었다.

리버풀 선수들의 기량은 분명 본머스보다 우위였지만.

측면을 뚫어 내려는 리버풀의 공격은 본머스에게 잘 통하지 않았다.

─본머스가 리버풀의 공격을 효과적으로 막아 내고 있습니다!

전반전 10분이 흘러갈 때까지도 리버풀은 본머스의 수비를 뚫어 내지 못했다.

그리고.

10분이 지나갈 때쯤, 리버풀은 다른 움직임을 펼쳤다.

측면으로 공을 보내는 것이 아닌, 중앙으로 공을 연결하는 것.

─조 앨런, 이민혁에게 패스합니다!

리버풀이 또다시 측면으로 들어올 것이라고 예상했던 본머스는 빠르게 반응하지 못했다.

이민혁이 공을 잡을 때까지 패스를 끊어 내거나 미리 방해하지 못했다.

툭!

덕분에 이민혁은 아무런 방해 없이 공을 받아 냈다.

휘익!

이민혁이 부드럽게 몸을 돌렸다. 공을 받아 내며 몸을 돌리는 부드러운 움직임.

이에 본머스의 센터백이 달려들었다. 이민혁은 피하지 않고 과감하게 몸싸움을 펼쳤다.

퍼억!

본머스의 센터백은 커다란 덩치를 지녔지만, 이민혁은 조금도 밀리지 않았다. 오히려 계속해서 심리전을 걸며 기어코 상대 센터백의 압박을 벗어났다.

―이민혁이 돌파합니다! 스트라이커로 출전한 이민혁! 바로 때리나요?

페널티박스 안으로 들어왔다.

골대와의 거리도 더욱 가까워졌다. 상대 골키퍼는 골대를 비우고 달려 나오지 못했다.

그만큼 이민혁이 돌파한 속도가 빨랐다.

게다가 슈팅까지 이어 가는 움직임도 너무 빨랐다.

휘익! 퍼어엉!

골대 상단 구석을 향해 때려 낸 강한 슈팅.

본머스의 골키퍼는 막아 내지 못했다.

─고오오오오오올! 이민혁이 선제골을 터뜨립니다!

─움직임에 군더더기가 없네요! 수비수를 제쳐 내고 슈팅을 가져가는 모습이 너무나도 완벽했습니다!

─이민혁! 스트라이커로도 아름다운 움직임을 보여 주네요~! 실시간으로 이민혁의 가치가 더욱 올라가는 소리가 들리는 것만 같습니다!

경기장엔 리버풀의 팬들이 쏟아 내는 함성으로 가득했다.

리버풀의 홈구장이었기에, 함성의 크기는 평소보다 더욱 컸다.

그리고.

이민혁에게 지급되는 경험치의 크기도 평소보다 더 컸다.

[퀘스트를 완료하셨습니다!]

[퀘스트 내용: 프리미어리그에서 스트라이커로 출전해 골을 기록하세요.]

[보상으로 경험치가 20% 증가합니다.]

[퀘스트를 완료하셨습니다!]

[퀘스트 내용: 프리미어리그에서 스트라이커로 출전해 전반전에 골을 기록하세요.]

[보상으로 경험치가 20% 증가합니다.]

[퀘스트를 완료하셨⋯⋯.]

……

*　　　　*　　　　*

"오……? 뭐야? 스트라이커로 출전했다고 경험치를 더 주는 거
야?"

이민혁이 커진 눈으로 메시지의 내용을 훑었다.

내용을 조금만 읽어 보면 알 수 있었다.

평소랑 다른 포지션인 스트라이커로 출전했기에 더 많은 경험
치를 받았다는 것과.

오늘 더 많은 경험치를 얻을 수 있겠다는 것을.

"더 잘해야 할 이유가 생겼는데?"

이민혁의 얼굴에 미소가 지어졌다.

애초에 축구를 즐기는 그에게 지금처럼 흥미로운 일이 생긴
다?

당연하게도 축구가 더 재밌어질 수밖에 없었다.

"최대한 많은 경험치를 받아 봐야겠어."

이민혁의 활약이 본격적으로 시작됐다.

ㅡ이민혁입니다! 동료들에게 적극적으로 어필하면서 공을 받아
내는 모습입니다! 이민혁, 최전방에서도 공을 빼앗기지 않습니다!
이민혁의 볼키핑 능력이 최전방에서도 발휘된다는 걸 증명하고 있
습니다!

ㅡ맞습니다! 전문가들과 축구 팬들 사이에선 이민혁의 공을 지

키는 능력이 전 세계 최고라는 말이 나오고 있을 정도거든요~!

단단하게 버티며 공을 지켜 낸 이민혁이 옆에서 파고드는 동료를 향해 공을 넘겨줬다.
완벽한 타이밍에 나온 패스.
더구나 단순한 패스가 아니었다.
본머스의 센터백을 등진 상황에서 발등으로 공을 한 번 띄운 다음에 보낸 패스였다.
타이밍도 좋았지만, 워낙 화려한 패스였기에 상대 수비수들의 눈을 어지럽게 만들었다.

─들어갔습니다! 애덤 럴라나가 본머스의 골 망을 흔듭니다!
─이민혁, 어시스트를 기록합니다!

이민혁의 활약은 계속 이어졌다.
특히, 페널티박스 안에서의 이민혁의 활약은 경기를 지켜보던 모든 사람을 경악하게 만들었다.

─고오오오올! 이야! 이민혁입니다! 흘러나온 공을 그대로 골대 안으로 집어넣었습니다! 허허! 정말 완벽한 위치선정이었습니다!
─이민혁 선수에게 운도 따르는 것 같네요! 마치 공이 이민혁 선수를 찾아온 느낌이었습니다.

처음엔 해설조차 이민혁의 위치선정을 운이라고 말했다.

경기를 지켜보던 팬들 역시 그렇게 생각했었다.

그러나, 운이 아니었다는 걸 알게 되는 것엔 그리 오랜 시간이 걸리지 않았다.

―드, 들어갔습니다! 또다시 이민혁입니다! 이민혁이 이번엔 머리로 골을 터뜨립니다! 오늘 해트트릭을 기록한 이민혁입니다!

―이민혁~! 대단한 반응속도입니다! 콜로 투레가 머리로 흘려 준 공을 그대로 골로 연결하네요! 게다가 위치선정도 정말 놀랍습니다! 한 번은 우연으로 치부할 수 있겠지만, 두 번부터는 그럴 수가 없죠! 페널티박스 안에서의 이민혁의 위치선정은 확실히 놀라운 수준입니다! 위르겐 클롭 감독이 왜 이민혁 선수를 스트라이커로 출전시켰는지 이제야 알 것 같네요!

전반전이 끝나기도 전인데.

이민혁은 벌써 해트트릭을 기록했다.

더군다나 경악스러운 위치선정 능력을 보여 주며.

후반전은 이민혁의 위치선정 능력이 더욱 잘 드러났다.

―리버풀이 추가골을 터뜨립니다! 이번에도 이민혁입니다! 흐르는 공을 강하게 때려 낸 슈팅으로 골을 기록했습니다! 허허! 오늘 이민혁에겐 축구가 아주 잘되는 날인 것 같은데요? 자리는 잡는 족족 공이 가고 있습니다!

―오늘 이민혁의 위치선정은 필리포 인자기가 떠오를 정도인데요? 이민혁에게 이런 능력도 있었나요……? 분명 경기를 지켜보시

는 팬분들도 놀라고 계실 것 같습니다!

해설들의 말 그대로였다.

말도 안 되는 위치선정 능력을 보여 주며 골을 연달아 터뜨리고 있는 이민혁의 모습에.

전 세계 축구 팬들은 열광하고 있었다.

특히, 한국 축구 팬들이 활동하는 커뮤니티는 가장 뜨겁게 불타고 있었다.

　ㄴㅋㅋㅋㅋㅋㅋㅋㅋㅋ이게 뭐야ㅋㅋㅋㅋㅋ 왜 공이 다 이민혁에게 가는 것 같냐?ㅋㅋㅋ

　ㄴ오늘 이민혁이 세컨볼 다 먹네ㅋㅋㅋㅋ 이거 위치선정이 뛰어난 거냐? 아니면 될놈될인 거냐?ㅋㅋㅋㅋㅋ

　ㄴ개웃기네ㅋㅋㅋㅋ 본머스 애들은 어이가 없을 듯ㅋㅋㅋ 공이 흐르기만 하면 다 이민혁이 받아먹으니까ㅋㅋㅋㅋㅋ

　ㄴ오늘 이민혁 포스는 거의 필리포 인자기 최전성기 느낌 아님?

　ㄴ이민혁은 현재 최고의 선수인데 인자기랑 비교하면 안 되지.

　ㄴ그나저나 이민혁의 재능은 도대체 얼마나 뛰어난 거야? 스트라이커로도 이렇게 잘해 버리면 어떡하냐고ㅋㅋㅋㅋㅋ

같은 시각.

이민혁은 환하게 웃고 있었다.

그럴 수밖에 없었다.

"생각보다 더 많이 주네."

아주 많은 경험치가 쏟아지고 있었으니까.

*　　　　*　　　　*

[퀘스트를 완료하셨습니다!]
[퀘스트 내용: 프리미어리그에서 스트라이커로 출전해 4개의 골을 기록하세요.]
[보상으로 경험치가 30% 증가합니다.]

[퀘스트를 완료하셨습니다!]
[퀘스트 내용: 프리미어리그에서 스트라이커로 출전해 5개의 공격 포인트를 기록하세요.]
[보상으로 경험치가 30% 증가합니다.]

[퀘스트를 완료하셨습……]
…….

[레벨이 올랐습니다!]
[레벨이 올랐습니다!]

스트라이커로 출전했기에 받을 수 있는 많은 경험치.
그리고 2개의 레벨업까지.
"장난 아니네."
이민혁은 생각했다.

며칠 전 본머스전을 앞두고 위르겐 클롭 감독이 스트라이커로 출전해 보는 게 어떻겠냐고 말했을 때, 알겠다고 대답하길 잘했다고.

[스탯 포인트 4를 사용하셨습니다.]
[태클 능력치가 4 상승합니다.]
[현재 태클 능력치는 92입니다.]

높아진 태클 능력치는 최전방에 섰을 때 더욱 위력을 발휘했다.

이제 EPL의 수비수들은 이민혁의 압박을 두려워하게 됐다.

다른 공격수들의 압박과는 달리, 이민혁의 압박은 '정말 공을 뺏길 수도 있겠다'라는 생각이 들게 했으니까.

지금도 그랬다.

경기가 재개되자마자 압박을 하는 이민혁의 움직임에 본머스의 선수들은 공을 뒤로 돌릴 수밖에 없었다.

─이민혁이 후반전에도 활발하게 움직이고 있습니다! 본머스가 다급하게 공을 돌리네요!

─하하! 어쩔 수 없죠! 조금의 틈만 보이면 이민혁은 바로 슬라이딩태클을 해 버리거든요!

─현재 이민혁의 태클 성공률은 EPL에서도 탑급에 속하죠?

─그렇습니다. 이민혁은 수비수가 아니면서도 어지간한 수비수들보다 더 많은 태클을 시도하고 있고, 더 높은 성공률을 보여 주

고 있습니다. 그래서 어떤 축구 팬들은 이민혁 선수를 두고 최고의 윙어이자, 최고의 수비수라고도 말합니다. 그런데 오늘 경기를 보니, 최고의 스트라이커라는 말도 들을 수 있겠는데요?

본머스의 공격은 잘 풀리지 않았다.

후반 15분이 넘어가면서 본머스 선수들의 움직임엔 힘이 빠져 버렸다.

그럴 만도 했던 게, 현재 스코어는 5 대 0이었다.

리버풀의 경기력이 안 좋기라도 하면 모를까, 오늘 리버풀의 경기력은 아주 좋았다.

심지어 평소에 불안감을 드러내던 수비까지 괜찮았다.

이러니 본머스로선 쫓아갈 힘이 생길 리가 없었다.

게다가.

리버풀의 괴물은 쉬지 않고 골을 노렸다.

―아! 이게 골대에 맞네요! 이민혁 선수가 아쉬워하고 있습니다!

―들어갔습니다! 이민혁이 멋진 골로 조금 전의 아쉬움을 달랩니다!

―어어? 이민혁! 화려한 드리블! 어? 이거 때리나요? 아! 때립니다! 골입니다! 이민혁이 골을 몰아 넣고 있습니다!

*　　　　　*　　　　　*

리버풀과 본머스의 경기는 처참했다.

물론 본머스와 본머스의 팬들에게만 해당하는 이야기였다.

「리버풀, 본머스에게 8 대 0 대승! 리그 1위 사실상 확정!」

「이민혁, 스트라이커로도 날았다! 6골 1도움 기록하며 본머스전 승리 이끌어!」

「이민혁, 스트라이커로 깜짝 출전한 본머스전에서 필리포 인자기를 떠올리게 한 위치선정 보이며 팬들 놀라게 해.」

「위르겐 클롭 감독, '지난 주말, 이민혁에게 스트라이커로도 뛰어 볼 생각이 있냐고 질문했었다. 이민혁은 대수롭지 않다는 듯 알겠다고 했다. 그 결과가 이거다. 이민혁은 경악스러운 위치선정 능력을 지녔다. 심지어 이 능력이 생긴 건 얼마 되지 않았다. 이 말도 안 되는 괴물은 매일 성장하고 있다'라며 이민혁을 극찬해.」

리버풀과 리버풀의 팬들에겐 너무나도 즐거운 시간이었고, 만족스러운 결과였다.

이민혁 역시 만족스러운 얼굴로 눈앞의 메시지들을 바라봤다.

[퀘스트를 완료하셨습니다!]
[퀘스트 내용: 스트라이커로 출전해 팀의 승리를 이끄세요.]
[보상으로 경험치가 대폭 증가합니다.]

[퀘스트를 완료하셨……]
…….

[레벨이 올랐습니다!]

이번 경기에서만 몇 개의 레벨이 올랐다.

흔치 않은 일이었기에, 이민혁의 얼굴엔 진한 미소가 걸려 있었다.

"민혁, 앞으로도 계속 스트라이커로 뛰어도 되겠던데? 솔직히 원래 스트라이커였다고 해도 믿어질 정도였어."

옆에서 들려온 목소리에 이민혁이 고개를 돌리자, 팀 동료 콜로 투레의 얼굴이 보였다.

"에이, 농담하지 마세요. 익숙하지 않은 포지션이라 어색해요."

"엥? 농담이라니, 뭔 소리야? 오늘 내가 본 너는 위치선정이랑 움직임, 결정력이 웬만한 월드클래스 스트라이커들보다 더 뛰어났어."

"좋게 봐주셔서 감사해요. 콜로 투레의 수비도 오늘 완벽했어요."

"하하! 고마워."

콜로 투레에 이어서 다른 동료들도 이민혁에게 다가와 축하의 인사를 건넸다.

대부분 '익숙하지 않은 포지션으로 출전해 부담감을 느꼈을 텐데, 너무 잘해 줘서 대단하다'라는 반응이었다.

물론 리버풀 선수들 모두 알고 있었다.

이민혁이 어느 정도는 해 줄 거라는 걸.

알 수밖에 없었다.

훈련 때의 이민혁은 스트라이커로도 너무나도 압도적이었으니까.

그리고.

이민혁도 알고 있었다.

스스로가 스트라이커로도 문제없이 뛸 수 있다는 걸.

아니, 정확하게 말하면 최소한 골은 문제없이 넣을 거라고 확신하고 있었다.

[감각적인 위치선정]

유형: 패시브

효과: 상대의 페널티박스 안에 있을 때, 공이 올 위치를 감각적으로 알게 됩니다. *감각이 항상 들어맞지는 않습니다.

레벨이 240이 되었을 때 얻은 '감각적인 위치선정' 스킬이 준확신이었다.

이 스킬로 인해서 이민혁은 필리포 인자기가 떠오르는 위치선정 능력을 지니게 됐고, 훈련 때마다 많은 수의 골을 몰아쳐 왔다.

자신감이 높아질 수밖에 없었다.

이후에도 위르겐 클롭 감독은 종종 이민혁을 스트라이커로 출전시켰다.

양쪽 윙어와 스트라이커까지 소화할 수 있는 이민혁으로 인해서 위르겐 클롭 감독은 자연스레 상대 팀 감독과의 심리전에서 우위에 설 수 있었고.

리버풀은 더욱 쉽게 연승을 이어 갔다.

「리버풀, 비야레알과의 유로파리그 4강에서 1차전에서 5 대 0 승리!」

「이민혁, 스트라이커로 출전해 해트트릭 기록!」

「위르겐 클롭 감독으로부터 프리롤 부여받은 이민혁, 스트라이커로 출전해 비야레알의 측면까지 부숴 버려.」

리버풀은 비야레알과의 1차전에서 승리하며 유로파리그 결승행에 우위를 점했고.

「리버풀, 비야레알과의 2차전에서 7 대 2 승리!」

「이민혁, 3골 3어시스트 기록하며 비야레알전 최고의 활약 펼쳐!」

「오랜만에 윙어로 출전한 이민혁, 여전히 날카로운 움직임 선보여!」

곧이어 유로파리그 4강 2차전에서도 승리하며 결승행을 확정 지었다.

리버풀은 이후에 펼쳐진 프리미어리그 마지막 경기에서도 승리를 거두며 압도적인 승점 1위로 리그 우승컵을 들어 올리는 것에 성공했다.

당연하게도 마지막 경기에서도 가장 뛰어난 활약을 펼친 선수는 이민혁이었다.

「이민혁, 월드컵과 분데스리가 우승컵으로도 모자라 2015/16시즌 프리미어리그 우승컵까지 들어 올려!」

「이민혁, 리그 마지막 경기에서도 빛났다! 2골 4어시스트 기록하며 팀의 대승 이끌어!」

「축구황제 이민혁, 2개 리그 제패! 이제 라리가 제패하러 가나?」

「우승컵 들어 올린 이민혁, 환한 미소로 팬들의 마음 흔들어.」

「위르겐 클롭 감독, '이민혁은 최고의 선수다'」

리버풀의 2015/16시즌 프리미어리그 우승.

이 사실에 전 세계 축구 팬들이 깔끔하게 인정했다.

이민혁이라는 괴물을 보유한 리버풀의 우승은 당연하게 느껴질 정도였으니까.

ㄴ젠장! 난 레스터시티의 팬이지만, 리버풀의 우승을 인정해. 레스터시티가 기적과도 같은 우승을 하지 못해서 아쉽지만, 리버풀은 너무 강했어. 특히, 이민혁은 어나더 레벨이었지.

ㄴ이민혁은 타 팀에겐 악몽 같은 선수야. 잔인할 정도로 상대를 무너뜨리거든.

ㄴ결국 리버풀이 우승하는구나… 쳇… 리버풀의 우승이라니, 쉽게 보기 힘든 일이 일어났어.

ㄴ난 맨체스터 유나이티드의 팬인데, 이민혁이 너무 좋아. 이 녀석처럼 시원하게 플레이하는 선수를 본 적이 없거든.

ㄴ근데 이민혁이 이번 시즌에 도대체 몇 골이나 넣었는지 아는

사람 있어? 이민혁은 골을 너무 자주 넣어서 어느 순간부터 세질 못하겠더라.

　└몰라 50골 넘기면서부터 안 셌어. 이민혁의 골 개수는 너무 비현실적이라 세다 보면 머리가 이상해지는 느낌이야.

　└50골 넘긴 것도 프리미어리그에서만 기록한 거잖아? 유로파 리그 다 합치면 거의 70골 되지 않을까?

　└아 몰라. 그냥 미친놈이야.

　└미친놈이라니, 축구의 신이지.

　└축구의 신도 맞지만, 이민혁에겐 축구황제라는 수식어가 더 잘 어울려.

　└근데 축구황제가 다음 시즌에도 EPL에서 뛰어 줄까? 난 이민혁이 밸런스를 붕괴시키기는 해도, 이 녀석의 플레이를 더 오래 보고 싶어.

　└리버풀을 뺀 프리미어리그의 감독들이랑 선수들은 그렇게 생각 안 할걸? 다들 이민혁이 당장 다른 리그로 꺼졌으면 좋겠다고 생각할 거야.

　분데스리가에서 안정적으로 바이에른 뮌헨의 레전드로 남는 것을 포기하고 도전한 프리미어리그.

　이민혁의 도전은 성공했다.

　그리고 지금.

　도전을 성공한 것에 대한 보상이 주어졌다.

[퀘스트를 완료하셨습니다!]

[퀘스트 내용: 프리미어리그에서 우승하세요.]
[보상으로 경험치가 300% 증가합니다.]

[퀘스트를 완료하셨습니다!]
[퀘스트 내용: 프리미어리그에서 득점왕에 오르세요.]
[보상으로 경험치가 200% 증가합니다.]

[퀘스트를 완료하셨습니다!]
[퀘스트 내용: 프리미어리그에서 도움왕에 오르세요.]
[보상으로 경험치가 150% 증가합니다.]

[퀘스트를 완료하셨습니다!]
[퀘스트 내용: 프리미어리그에서의 첫 시즌에 우승하세요.]
[보상으로 경험치가 100% 증가합니다.]

[퀘스트를 완료하셨습니다!]
[퀘스트 내용: 프리미어리그에서의 첫 시즌에…….]
[보상으로 경험치…….]
…….
…….

             *   *   *

이민혁은 눈앞의 메시지들을 바라보며 혀를 내둘렀다.

우승을 한 것도 기쁜 일이었지만, 눈이 돌아갈 정도의 경험치는 그를 더욱 기쁘게 만들어 줬다.

"워……! 10개나 올랐잖아?"

오른 레벨은 무려 10개였다.

이제 이민혁의 레벨은 243에서 단번에 253이 됐다.

얻은 스탯 포인트 역시 무려 20개.

게다가 얻은 건 스탯 포인트뿐만이 아니었다.

레벨업 메시지에 이어서 떠오른 또 다른 메시지는 이민혁을 아주 기쁘게 만들었다.

메시지의 내용은 다음과 같았다.

[레벨 250을 달성하셨습니다!]
[스킬이 지급됩니다.]
['고공 폭격기'를 습득하셨습니다.]

새로운 스킬이 지급됐다는 것.

이민혁은 바로 스킬의 정보를 확인했다.

[고공 폭격기]
유형: 패시브
효과: 상대의 페널티박스 안에 있을 때, 점프력과 헤딩 정확도가 대폭 상승합니다.

"미쳤네."

이민혁의 입에서 '미쳤다'라는 말이 자동반사적으로 튀어나왔다.

고공 폭격기는 그 정도로 좋은 스킬이었다.

"지금도 공중볼 경합이 자신 있는데, 여기서 더 좋아진다고?"

최근, 스트라이커로도 뛰며 헤딩골 맛을 자주 보고 있는 이민혁이었다.

지금의 실력만으로도 EPL의 수비수들을 이겨 내고 헤딩골을 넣을 때가 많다는 것이다.

그런데 여기서 더 좋아진다니!

물론 상대의 페널티박스 안에서만 효과가 발동된다는 제한이 있지만.

그다지 신경이 쓰일 만한 제한은 아니었다.

어차피 헤딩이 가장 큰 위력을 발휘하는 순간은 페널티박스 내부였으니까.

"좋아, 좋아. 자! 이제 능력치 좀 볼까?"

이민혁은 만족스러운 얼굴로 상태 창을 바라봤다.

이제 20개의 스탯 포인트를 사용할 시간이었다.

*　　　　*　　　　*

이민혁에게 20개의 스탯 포인트는 아주 많은 양이다.

특히 레벨업이 더뎌진 지금은 더욱 많게 느껴지는 양이었다.

"부족한 능력치들을 올려 주는 게 좋겠어."

한 번에 많은 양의 스탯 포인트를 얻게 됐지만, 이민혁은 침착했다.

이런 상황을 이미 예상했기 때문이었다.

예상하는 건 어렵지 않은 일이었다.

다른 리그도 아니고 프리미어리그 우승이었으니까.

분데스리가에서 그랬듯, 전 세계에서 가장 강한 리그 중 하나인 프리미어리그에서의 우승이 많은 경험치를 주는 건 당연했으니까.

[스탯 포인트 6을 사용하셨습니다.]
[태클 능력치가 6 상승합니다.]
[현재 태클 능력치는 100입니다.]

[스탯 포인트 5를 사용하셨습니다.]
[패스 능력치가 5 상승합니다.]
[현재 패스 능력치는 100입니다.]

[스탯 포인트 9를 사용하셨습니다.]
[속도 능력치가 9 상승합니다.]
[현재 속도 능력치는 130입니다.]

스탯 포인트를 전부 사용한 지금, 이민혁은 뿌듯한 얼굴로 상태 창을 바라봤다.

"정말 여기까지 왔구나. 아직도 실감은 나지 않지만… 분데스리가에서 2회나 우승하고, 프리미어리그에서도 우승을 거뒀어."

프리미어리그가 어떤 리그던가.

이민혁이 어릴 때부터 동경해 왔던 곳이다.

저곳에서 뛰면 어떨까? 얼마나 즐거울까? 얼마나 행복할까?

꼭 뛰어 보고 싶다.

그런 생각을 늘 해 왔었는데.

이젠 그곳에서 뛰는 것으로도 모자라 우승을 해 버렸다.

다만, 긴장이 풀리지는 않았다.

"자, 여기까지만 좋아하고 다음 경기 생각하자."

아직 이민혁의 일정은 끝나지 않았으니까.

"유로파리그가 남았잖아."

세비야 FC와의 유로파리그 결승전이 남아 있었으니까.

"풀어지는 건 유로파리그가 끝난 뒤에도 늦지 않지."

이민혁의 눈이 빛났다.

얼굴에 있던 미소도 지워졌다.

그러나.

이내 이민혁은 다시 웃을 수밖에 없었다.

"이것들이… 남아 있었구나?"

갑작스레 떠오른 메시지들 때문이었다.

[퀘스트를 완료하셨습니다!]
[퀘스트 내용: 프리미어리그에서 한 시즌에 90골을 기록하세요.]
[보상으로 경험치가 500% 증가합니다.]

[퀘스트를 완료하셨습니다!]

[퀘스트 내용: 프리미어리그에서 한 시즌에 80골을 기록하세요.]
[보상으로 경험치가 400% 증가합니다.]

[퀘스트를 완료하셨습니다!]
[퀘스트 내용: 프리미어리그에서 한 시즌에 70골을 기록하세요.]
[보상으로 경험치가 300% 증가합니다.]

[퀘스트를 완료하셨…….]
…….
…….

[레벨이 올랐습니다!]
[레벨이 올랐습니다!]
[레벨이 올랐습니다!]
[레벨이 올랐습니다!]
…….
…….

갑작스레 오른 레벨은 무려 16개였다.

평소라면 깜짝 놀랄 결과였겠지만, 이민혁은 이번에도 많이 놀라진 않았다.

잠시 잊고 있었을 뿐, 어느 정도는 예상했으니까.

94골 57어시스트.

이민혁이 이번 시즌에 기록한 공격포인트였다.

말도 안 되는 수치였다.

역사를 뒤져 봐도 한 시즌에 151개의 공격포인트를 기록했다는 이야기는 찾아볼 수가 없다.

그 누구도 세우지 못했던 기록이었다.

더구나 최고의 리그 중 하나인 프리미어리그에서 만들어 낸 기록이었다.

심지어 '프리미어리그에서만' 기록한 공격포인트였다.

유로파리그나 자잘한 경기들을 포함하면 이번 시즌 이민혁의 공격포인트는 훨씬 더 많다.

최소한 110개의 골은 넘을 것이고, 어시스트도 70개는 족히 될 것이다.

이처럼 말도 안 되는 기록을 세웠기에, 이민혁은 당연히 알 수 있었다.

많은 경험치가 정산될 거라는 걸.

"아무리 그래도 16개의 레벨업이면… 많긴 하네."

*   *   *

[스탯 포인트 3을 사용하셨습니다.]

[체력 능력치가 3 상승합니다.]

[현재 체력 능력치는 110입니다.]

[스탯 포인트 8을 사용하셨습니다.]

[슈팅 능력치가 8 상승합니다.]
[현재 슈팅 능력치는 130입니다.]

[스탯 포인트 6을 사용하셨습니다.]
[민첩 능력치가 6 상승합니다.]
[현재 민첩 능력치는 110입니다.]

[스탯 포인트 15를 사용하셨습니다.]
[헤딩 능력치가 15 상승합니다.]
[현재 헤딩 능력치는 115입니다.]

16개의 레벨이 오르며 얻은 32개의 스탯 포인트를 전부 사용한 결과.

지금.

이민혁의 상태는 다음과 같았다.

[이민혁]

레벨: 269

나이: 22세(만 20세)

키: 183㎝

몸무게: 78㎏

주발: 양발

[체력 110], [슈팅 130], [태클 100], [민첩 110], [패스 100]

[탈압박 110], [드리블 130], [몸싸움 115], [헤딩 115], [속도 130]

스킬: [예리한 슈팅], [예리한…….

스탯 포인트: 0

이제 모든 능력치가 100을 넘겼고, 몇몇 능력치는 130이라는 높은 수치를 보여 주고 있었다.

보는 것만으로도 기분이 좋아지는 상태 창이었지만.

이민혁의 얼굴엔 아쉬움이 드러났다.

"스킬을 안 주네?"

10개의 레벨이 오를 때마다 스킬이 주어졌었는데, 이번엔 스킬이 주어지지 않았다.

스킬에도 기대를 했기에, 자연스레 아쉬움이 따라온 것이다.

그러나.

"다음엔 주겠지."

이민혁은 찾아오는 아쉬움을 빠르게 떨쳐내며, 손에 쥔 스마트폰으로 축구 커뮤니티에 들어갔다.

최근 들어 자신에 대한 한국 축구 팬들의 반응을 즐겨 보는 그였기에, 옅은 미소를 띠며 검색창에 '이민혁'을 검색했다.

ㄴ분데스리가 2회 우승, 챔피언스리그 2회 우승, 월드컵 우승 1회, 프리미어리그 우승 1회ㄷㄷㄷㄷ 이민혁 커리어는 진심 미쳤다ㄷㄷㄷ

ㄴㅋㅋㅋㅋㅋㅋㅋㅋ갱 인간이 아님. 축구의 신이야. 분데스리가에서 한 시즌에 45골 넣어서 커리어하이 찍은 걸 수도 있다고 생각했는데, 프리미어리그 넘어와서 94골을 때려 버리네ㅋㅋㅋㅋㅋㅋ

┗프리미어리그에서만 94골 57어시스트임ㅋㅋㅋㅋ 얼ㅋㅋㅋ한 시즌에 94골 57어시ㅋㅋㅋㅋㅋ게임에서도 이렇게는 못 하겠다ㅋ ㅋㅋㅋㅋ

┗더 놀라운 건 리버풀에서 세운 기록이라는 거임ㅋㅋㅋㅋㅋ

┗ㅅㅂ리버풀이 어때서?

┗솔직히 이민혁 오기 전까진 더럽게 못하는 팀이었잖아. 막말로 빅4에도 못 들어가는 팀이었다고.

┗리버풀이 ㅈ밥인건 맞잖아. 챔스도 못 가는데ㅋ

┗한국인 최초로 최고의 축구선수로 역사에 남겠네.

┗이제 역사에 있는 모든 레전드들을 데려와도 이민혁한테 못 비빔.

┗이민혁 너무 멋있음. 오늘 보니까 해외 팬들도 엄청 많더만.

┗현시점 최고의 선수인데 당연히 많지. 그리고 플레이스타일도 개간지잖아?

씨익!

이민혁의 입꼬리가 높이 치솟았다.

자신을 칭찬하는 한국 팬들의 반응을 보는 건 늘 즐거운 일이었다.

하지만 좋은 글만 있는 건 아니었다.

이민혁의 입가에 지어진 미소를 사라지게 할 글들도 보였다.

┗근데 이민혁은 여자친구 없나? 키도 크고 얼굴도 준수한 것 같은데 왜 열애설이 안 터지지?

ㄴ리버풀 동료들 인터뷰 보면 맨날 집이랑 훈련장만 오간다던
데?

ㄴㅋㅋㅋ축구는 고수인데 연애는 초보 아니야?ㅋㅋㅋㅋ

ㄴ그럴 수도 있지ㅋㅋㅋ

"아니, 이 사람들은 왜 아픈 곳을 건드리고 그러냐……."

이민혁이 한숨을 푹 내쉬었다.

아직 크리스마스가 오려면 제법 많은 기간이 남긴 했지만, 이대
로 가다간 이번 크리스마스도 작년처럼 솔로로 보낼 것 같았다.

그때였다.

이민혁이 애써 웃었다.

"그래도 난 괜찮아. 축구에 올인하기 위해서 일부러 솔로로
지내는 거잖아?"

원한다면 얼마든지 연애를 할 수 있지만, 안 하는 것뿐이라
고.

누가 뭐라 해도 이민혁은 그렇게 믿을 생각이었다.

*   *   *

「오늘 펼쳐지는 유로파리그 결승전! 리버풀과 세비야 중 승자는?」

「프리미어리그 우승하며 압도적인 기세 뿜어내는 리버풀, 세비야도
쉽게 제압할 수 있을까?」

「축구황제 이민혁, 세비야 FC와의 경기에선 어떤 모습 보일까?」

유로파리그 결승전.

이 경기를 앞두고 세비야 FC의 감독은 강한 자신감을 보였다.

「우나이 에메리 감독, '라리가는 강하다. 비록 우리가 라리가에서 가장 강한 팀은 아니지만, 프리미어리그에서 우승한 리버풀을 잡아 낼 수 있을 것'이라며 자신감 드러내.」

물론 정말 이길 수 있다고 믿어서인지, 그러길 바라는 주문인지는 모르겠지만.

세비야 FC의 감독은 확실히 자신감을 보였다.

그의 자신감은 경기를 몇 시간 앞둔 상황에서도 드러났다.

"베르너 코치."

"예, 에메리 감독님!"

"다 준비됐지?"

"준비됐습니다."

"선수들 컨디션은? 이상은 없고?"

"전부 좋습니다."

"좋아, 오늘 우리는 이민혁만 잘 막으면 돼. 이민혁을 집중적으로 견제하며 리버풀의 공격을 막아 내다가 한 번의 역습에만 성공하면 우리가 충분히 이길 수 있어. 자! 이제 프리미어리그 우승팀을 잡으러 가보자."

우나이 에메리 감독.

그는 자신감이 대단한 사람이었다.

선수로는 성공적인 삶을 살지 못했지만, 감독으로는 우여곡절은 있었으나 나름 성공적인 삶을 살고 있었기에 생긴 자신감이었다.

또한, 그는 섬세한 사람이었다.

이민혁에 대한 조사를 철저하게 했다.

그가 쓰는 기술들, 습관들을 철저히 분석하고, 약점을 찾기 위해 노력했다.

결과적으로 뚜렷한 약점을 찾진 못했지만, 한 가지는 확신을 얻게 됐다.

'이민혁도 결국엔 인간이야. 그 녀석도 많이 뛰다 보면 지치고, 여러 명에게 강한 압박을 받으면 원하는 플레이를 할 수 없는 건 똑같아.'

이민혁도 인간은 인간이라는 것.

어떻게든 이민혁을 막아 내고 역습을 할 수만 있다면, 세비야에게도 승산이 있다는 걸.

하지만.

우나이 에메리 감독은 몰랐다.

그가 분석했던 이민혁과 지금의 이민혁은 실력이 달라졌다는 것을.

가장 최근 경기였던 프리미어리그 마지막 라운드 경기 때보다 무려 26개의 레벨이 올랐다는 것을.

─양 팀 선수들이 경기장에 입장하고 있습니다! 드디어 펼쳐질 유로파리그 결승전! 긴장되는 순간이네요!

─양 팀 모두 기세가 좋은 팀이죠? 특히 리버풀의 기세가 정말

무섭습니다. 압도적인 점수로 프리미어리그 우승을 거뒀거든요~!
그리고 그 중심엔 우리 이민혁 선수가 있습니다. 이번 시즌이 프리
미어리그 데뷔시즌이었는데도 불구하고 적응 기간도 필요 없다는
듯, 94골 57어시스트라는 경이로운 기록을 세우지 않았습니까?

ㅡ맞습니다. 더 놀라운 사실은 이민혁 선수의 나이가 이제 겨우
만 20세, 한국 나이로도 22세밖에 안 됐다는 거죠! 게다가 무서운
사실은 이토록 놀라운 재능을 지닌 이민혁 선수가 꾸준히 노력하
며 계속해서 발전을 거듭하고 있다는 겁니다.

ㅡ사생활도 깨끗한 것으로 유명하죠?

ㅡ그렇습니다! 이민혁 선수의 사생활은 털어도 먼지 한 톨 나오
지 않는 것으로 유명합니다! 심지어 영국의 파파라치들도 이민혁
선수를 촬영하는 걸 포기해 버렸다는 일화도 있습니다. 아무리 쫓
아다녀도 이민혁 선수의 일과는 집과 훈련장을 오가는 것이 대부
분이고, 가끔 부모님을 모시고 외식을 하거나 쇼핑을 하는 것이 끝
이었거든요.

이민혁은 관중석을 스윽 바라보며 경기장으로 걸어 들어왔다.

붉은 옷을 입고 잔뜩 흥분하고 있는 리버풀 팬들의 모습이 보
였다.

동시에 쏟아지는 거대한 함성들.

리버풀이 프리미어리그에 이어서 유로파리그에서도 우승하길
바라는 팬들의 감사한 응원이었다.

다만, 세비야의 팬들이 보내는 응원도 뜨거웠다.

리버풀 팬들이 보내는 응원에 조금도 밀리지 않을 정도였다.

—경기장에 쏟아지는 함성이 대단하네요! 경기장의 분위기가 경기가 시작되기 전부터 이미 불타고 있습니다!

세비야의 팬들은 에메리 감독이 보여 주는 자신감을 믿고 있었다.

세비야를 유로파리그 결승전까지 올려놓은 감독이었기에, 분명히 리버풀전을 대비해 무언가 준비를 해 왔을 것이라고 확신했다.

"우어어어어! 에메리 감독이 이끄는 세비야는 프리미어리그의 왕을 잡아 낼 거야!"

"에메리 감독은 분명 답을 찾아왔을 거라고! 리버풀 녀석들에겐 미안하지만, 오늘은 세비야가 우승하는 날이다!"

"세비야는 이민혁에게 뚫리지 않을 거야. 나는 세비야를 믿어!"

"우리 세비야의 유로파리그 우승이 바로 앞까지 왔다!"

세비야 팬들의 믿음은 대단했다.

수비적으로 나올 세비야가 리버풀의 공격을 효과적으로 막아 낼 것이라고 믿었다. 더불어 멋진 역습으로 골을 터뜨려 승리할 것이라고 강하게 믿었다.

그러나.

이들은 몰랐다.

자신들의 믿음이 불과 10초도 되지 않아서 깨져 버릴 것이라는 걸.

　　　　　*　　　　　　*　　　　　　*

경기가 시작되기 직전.

타앗! 탓!

이민혁은 제자리에서 점프하며 몸의 상태를 점검했다.

특별히 의미가 있는 행동이라기보단, 경기 시작 전에 하는 습관 같은 것이었다.

삐이이익!

경기가 시작됐다.

선공은 리버풀의 것이었고, 오늘 최전방 스트라이커로 출전한 이민혁은 옆에 선 피르미누에게 공을 넘겨준 뒤, 전방을 향해 뛰어나갔다.

'피르미누, 최대한 빠르게 연결해 줘요!'

미리 약속된 플레이를 펼칠 생각이었고, 이민혁은 빠르게 뛰면서도 피르미누의 움직임에 집중했다. 다행히 피르미누는 매우 영리한 선수답게 망설임 없이 약속된 플레이를 펼쳤다.

─피르미누가 엠레 찬에게 패스합니다. 엠레 찬, 어어?! 전방으로 길게 공을 뿌립니다! 기습적인 공격인데요? 최전방엔 이민혁이 있습니다!

엠레 찬의 롱패스가 날카롭게 뻗어 나갔다.

리버풀의 훈련 때 꾸준히 연습해 오고 있는 패턴이었고, 이민혁은 공을 가슴으로 받아 냈다.

투웅!

이민혁이 가슴으로 공의 힘을 죽였다. 공이 바닥에 스르륵 떨어져 내렸다. 물론 세비야의 수비수는 이 작업을 가만히 기다려 주지 않았다.

퍼억!

강하게 몸을 부딪쳐 오는 수비수의 방해에 이민혁이 자세를 낮추며 볼 컨트롤에 더욱 집중했다.

방해가 없을 때보다 방해가 있을 때, 떨어지는 공을 받는 난이도는 기하급수적으로 상승한다.

그걸 알기에 이민혁은 집중력을 유지하며 침착하게 발을 뻗었다.

툭!

발등으로 공을 받아서 떨어뜨렸고, 부드럽게 몸을 돌렸다. 몸을 돌리면서 한쪽 팔로는 세비야의 수비수가 접근하지 못하게 막았다.

그렇게 몸을 돌려서 한 발자국 걸어갔을 때.

'됐어.'

이민혁의 입꼬리가 올라갔다.

현재 그의 위치는 세비야의 페널티박스 라인에 살짝 걸쳐서 들어온 상황.

즉, 세비야의 페널티박스 안에 들어왔다.

'다른 사람한테는 모르겠지만.'

이민혁은 오른발로 땅을 짚으며 중심을 잡았다.

이어서 왼발을 짧고 빠르게 휘둘렀다.

'지금이 바로 슈팅 타이밍이지.'

왼발 안쪽으로 공을 감아 찬 지금.

이민혁의 귀엔 경쾌한 타격음이 들렸고.

눈앞엔 메시지가 떠올랐다.

[상대의 페널티박스 안에서 슈팅했습니다!]

['페널티박스 안의 피니셔' 스킬 효과가 발동됩니다!]

[슈팅의 정확도가 대폭 상승합니다.]

[20% 확률로 '예리한 슈팅' 스킬 효과가 발동됩니다!]

[슈팅의 정확도가 대폭 상승합니다.]

*   *   *

이민혁의 골 결정력은 EPL 최고 수준이었다.

아니, 모든 리그를 통틀어도 이민혁이랑 비슷한 수준의 결정력을 보유한 선수는 존재하지 않았다.

역사를 통틀어 봐도 없었다.

10번의 슈팅을 하면 8~9번은 골을 기록하는 수준의 미친 결정력을 보유한 선수.

그게 바로 이민혁이었다.

―고오오오오올! 우와아아아아! 골입니다!

―허허……! 이게 뭔가요?! 경기가 시작된 지 이제 10초는 지났 나요? 아, 8초라네요! 이민혁 선수의 마법이 단 8초 만에 나왔습니 다!

―완벽한 움직임이었습니다! 엠레 찬 선수가 뿌려 준 롱패스를 가슴으로 받아 내고, 발등으로 컨트롤한 뒤에, 반박자 빠른 타이밍 에 때려 내는 슈팅까지! 전부 완벽하네요!

―피르미누와 엠레 찬, 그리고 이민혁으로 이어지는 연계는… 정말 명품이네요. 아무래도 준비한 움직임인 것 같죠?

―맞습니다. 방금 보여 준 움직임은 이민혁 선수가 스트라이커 로 나왔을 때 한 번씩 시도했던 패턴이죠.

―세비야가 방심한 것 같지도 않은데, 깔끔하게 당해 버렸네요. 이러면 시작부터 기분이 나쁠 수밖에 없죠.

단 8초.

유로파리그 결승전에서 이민혁이 선제골을 넣는 데 걸린 시간 이었다.

피르미누와 엠레 찬이 연습한 대로 좋은 연계를 보여 줬고, 이 민혁은 뛰어난 기본기와 몸싸움 능력으로 세비야의 수비수를 벗 겨 내고 골을 기록했다.

그리고.

해설들의 말처럼 갑작스레 골을 허용한 세비야 FC의 표정은 좋지 못했다.

"젠장! 마크도 똑바로 안 하고 뭐 하는 거야?!"

"그럼 네가 막아 보든가!"

"뭐? 방금은 네가 막았어야 하는 거잖아!"

선수들은 붉게 달아오른 얼굴로 짜증을 냈고.

경기장에 있던 세비야의 팬들은 손으로 얼굴을 감싸 쥐었다.

"아… 이럴 수가……."

"오… 말도 안 돼… 세비야가 이렇게나 멍청하게 골을 먹히다니."

"젠장… 10초도 안 지났는데……."

그리고 지금.

실시간으로 방송에 송출되는 카메라가 에메리 감독의 얼굴을 비췄다.

ㅡ아… 에메리 감독의 표정이 좋지 않네요.

ㅡ좋을 수가 없죠. 이번 경기가 시작되기 전부터 강한 자신감을 드러냈었거든요?

붉게 달아오른 것으로도 모자라 일그러지기까지 한 에메리 감독의 얼굴이 방송에 송출됐고.

그 모습을 본 리버풀의 팬들은 웃음을 터뜨렸다.

ㄴ푸하하하! 다들 에메리 표정 보고 있지? 저 자식 시작 전부터 까불더니, 결국 8초 만에 골을 먹혀 버렸네!

ㄴ그 말이 떠오르네. 누구나 그럴싸한 계획은 있다. 처맞기 전

까지는.

└에메리 감독은 그냥 조용히 있었어야 해. 그랬으면 지금처럼 쪽팔리진 않았을 거 아니야?

└에메리는 멍청해. 저 사람이 똑똑했다면 이민혁이 있는 리버풀을 이길 수 있다고 입을 털진 않았을 테니까.

└벌써 한 골을 넣었다고? 8초? 이민혁의 골이라고? 그럼 별로 놀랍진 않네. 이민혁이라면 언제든지 할 수 있는 일이잖아? 하지만 세비야의 팬들에겐 충격이겠어. 자신들이 믿는 팀이 경기 시작과 동시에 털릴 줄은 몰랐을 테니까.

└세비야의 팬들은 곧 TV를 끄고 싶어질 거야. 이민혁이 5골을 넣을 예정이거든.

└어시스트도 3개 정도는 하겠지.

└세비야는 오히려 영광으로 알아야 해. 축구황제를 상대해 볼 수 있는 거잖아? 이건 역사에 남을 일이라고.

└근데 에메리 감독의 표정은 좀 웃기네.

같은 시각.

골을 넣은 이민혁도 옅은 미소를 지었다.

"연습한 보람이 있네."

방금 성공시킨 골은 혼자만의 능력으로 만들어 낸 게 아니었다.

피르미누, 그리고 엠레 찬과 함께 꾸준히 연습해 왔던 연계플레이였다.

보람 때문일까?

혼자만의 능력으로 골을 넣을 때보다, 더욱 즐거웠다.

게다가 즐거운 일은 또 있었다.

"이러면 세비야도 수비적으로 하기 힘들겠지."

방금 넣은 골로 인해서 세비야 FC는 준비해 온 전략을 사용하지 못하고, 수정해야 할 것이다.

원치 않게 플랜 B를 사용해야 하는 상황이기에 당연하게도 기분이 나쁘고, 정상적인 경기력이 나오지 않을 가능성이 높다.

이처럼 상대를 불편하게 만드는 것.

그것 또한 이민혁에겐 즐거운 일이었다.

—경기가 재개됩니다!

—세비야가 라인을 올리네요. 공격적으로 골을 노릴 생각인 것 같습니다.

—세비야가 어떤 전술을 준비해 왔는지는 모르겠지만, 선제골을 허용한 이상 공격적으로 나올 수밖에 없죠. 어쨌든 골은 넣어야 이길 수 있으니까요.

이민혁의 예상대로 세비야는 애초에 계획했던 것과는 달리, 공격적으로 라인을 끌어올렸다.

또한, 적극적으로 전진패스를 뿌리며 기회를 창출하려고 했고, 공격수들도 과감하게 돌파를 시도했다.

하지만 결과는 좋지 못했다.

—가메이로의 돌파가 막혔습니다! 리버풀의 역습이죠! 콜로 투

레가 엠레 찬에게 공을 넘깁니다! 엠레 찬, 좋은 탈압박입니다! 바로 이민혁에게 연결하나요? 아! 애덤 럴라나에게 연결하네요!

애덤 럴라나는 기술이 뛰어난 선수였다. 당연하게도 스스로의 실력에 자신감이 있었다. 그러나 무리하게 욕심을 부리는 선수는 아니었다.

─애덤 럴라나가 측면으로 침투하는 제임스 밀너에게 공을 찔러 줍니다! 오오! 리버풀, 좋습니다! 제임스 밀너, 크로스!

애덤 럴라나가 제임스 밀너에게 공을 연결했고, 측면으로 들어온 제임스 밀너는 높고 빠른 크로스를 뿌렸다.

늘 성실하게 훈련에 임하고, 실전에서도 죽을힘을 다해서 뛰는 베테랑 제임스 밀너.

그의 훈련량은 경기장에서 아주 잘 드러났다.

─제임스 밀너의 크로스, 날카롭습니다!

좋은 궤적을 그리며 날아간 크로스는 페널티박스 안에 있는 이민혁에게로 향했다.

타앗!

공이 날아오는 타이밍에 맞춰서 이민혁이 몸을 띄웠다.

세비야의 센터백들이 같이 뛰어오르며 방해했지만, 이민혁의 얼굴엔 자신감이 흘러나왔다.

그럴 수밖에 없었다.

현재의 이민혁은 레벨이 대폭 오르며 전체적인 능력치가 높아졌고, 헤딩 능력치도 115가 된 상태였으니까.

더불어 이민혁에겐 '높은 점프력', '감각적인 위치선정', '고공 폭격기', '페널티박스 안의 피니셔'와 같은 스킬들이 있었으니까.

쉬이익!

이민혁의 점프력은 세비야의 센터백들을 압도했다. 그의 이마에 맞은 공은 그 누구의 헤딩슛보다도 날카로운 궤적으로 쏘아졌다.

세비야의 골대 하단 구석에 강하게 꽂히는 공의 움직임에.

철렁!

세비야의 골키퍼는 팔을 뻗어 보지도 못했다.

─고오오오오오오올! 들어갔습니다! 이민혁입니다! 이민혁이 두 번째 골을 터뜨립니다!

─유로파리그 결승전에서도 리버풀의 골 잔치가 시작되었네요! 결승까지 올라온 세비야도 이민혁을 막아 내지 못하고 있습니다!

두 번째 골이 터진 이 순간.

"젠장! 도대체 뭣들 하는 거야?!"

세비야의 에메리 감독은 제자리에서 방방 뛰며 분노를 표출했다.

평소엔 이렇게나 감정을 드러내는 감독은 아니었지만, 지금은 도저히 참을 수가 없었다.

"이제 겨우 전반 10분밖에 안 됐잖아! 정신들 차리라고!"

전반전 10분도 되지 않은 상황에서 2골을 허용하는 그림은.

에메리 감독의 머릿속에 존재하지 않았었으니까.

"아직 이길 수 있어! 그러니까 다들 집중하란 말이야!"

에메리 감독은 알지 못했다.

이민혁의 2골은 시작에 불과했다는 걸.

오늘 골 잔치가 일어날 거라는 걸.

*   *   *

삐이이이익!

후반전 시작을 알리는 심판의 휘슬 소리가 경기장에 울려 퍼졌다.

"힘이 많이 빠져 보이네."

이민혁은 상대 선수들을 바라보며 중얼거렸다.

기세 좋게 덤벼들던 전반전과는 달리, 후반전을 맞은 세비야 FC는 강한 기세를 뿜어내지 못했다.

움직임도 힘이 없었다.

실망스러운 모습이었지만, 이민혁은 저들의 마음을 이해했다.

"전반전에 다섯 골이나 먹히고 힘을 내긴 어렵겠지."

리버풀은 세비야를 상대로 전반전에만 5골을 터뜨렸다.

이민혁은 그중 4골 1어시스트를 기록하며 세비야 FC 선수들의 멘탈을 시원하게 부숴 버렸다.

그리고.

이런 이민혁의 활약은 라리가를 즐겨 보는 스페인의 축구 팬들을 경악하게 만들기에 충분했다.

ㄴ뭐야……? 세비야가 이렇게까지 당한다고? 이민혁 쟤 뭐야?

ㄴ에메리 감독이 저렇게까지 흥분하는 모습을 보여 준 적이 있었나? 라리가선 못 본 것 같은데?

ㄴ이민혁… 괴물인데? 괜히 여러 기록을 갈아치우고 있는 선수가 아니네.

ㄴ이민혁은 정말 대단해! 세비야는 라리가에서도 꽤 강한 팀인데, 그런 팀을 완전히 애들 상대하듯이 해 버리잖아?

ㄴ근데 이민혁이 헤딩도 저렇게 잘했나? 원래 공중볼이 약점이지 않았어?

ㄴ지금 보니까 적어도 약점은 아닌 것 같네. 보면 알다시피 점프력이 거의 농구선수급이잖아?

ㄴ어떻게 저렇게 잘해? 호날두나 메시도 저렇게까지는 못 하잖아? 우와… 저 녀석이 라리가에 오면 어떨까?

ㄴ뭘 어때, 와 봐야 알지.

ㄴ라리가의 수준은 세계 최고야. 물론 오늘 본 이민혁의 실력이라면 쉽게 적응할 것 같기는 해. 이 자식, 괜히 발롱도르를 받은 게 아니야.

ㄴ진짜 너무 잘한다…….

이처럼 스페인의 팬들을 경악에 빠뜨린 지금.

이민혁의 활약은 후반전이 시작된 이후에도 멈추지 않았다.

―들어갔습니다! 이민혁, 환상적인 중거리 슈팅입니다!
―이민혁이 페널티킥을 성공시킵니다! 지금까지 단 한 번도 페널
티킥에서 실패하지 않은 이민혁 선수답네요! 정확하게 구석을 노
렸습니다!

이민혁은 그야말로 유로파리그 결승전이라는 축제에 걸맞은
골 축제를 만들어 줬다.

「리버풀, 세비야와의 유로파리그 결승전에서 12 대 1 대승 거두며 우
승컵 들어 올려!」
「축구황제 이민혁, 9골 2어시스트 기록하며 세비야에 충격적인 패
배 안겨 줘.」
「세비야 FC의 에메리 감독, '이민혁은 비현실적인 실력을 지닌 선수
였다. 심지어 그는 내가 분석했던 것보다 더 발전해서 나왔다. 나의 완
벽한 패배'라며 패배를 인정해.」

                    *   *   *

[퀘스트를 완료하셨습니다!]
[퀘스트 내용: 유로파리그에서 우승하세요.]
[보상으로 경험치가 200% 증가합니다.]

[퀘스트를 완료하셨습니다!]

[퀘스트 내용: 유로파리그 결승전에서 10개 이상의 공격포인트를 기록하세요.]

[보상으로 경험치가 200% 증가합니다.]

[퀘스트를 완료하셨습니다!]

[퀘스트 내용: 유로파리그 결승전에서 팀 내 최고의 활약을 펼치세요.]

[보상으로 경험치가 50% 증가합니다.]

[퀘스트를 완료하셨…….]

…….

[레벨이 올랐습니다!]

[레벨이 올랐습니다!]

[레벨이 올랐습니다!]

[레벨이 올랐습니다!]

결승전이 끝남과 동시에 4개의 레벨이 올랐다.

훌륭한 보상이었지만, 오늘 오른 레벨은 이걸로 끝이 아니었다.

이민혁이 기록한 공격포인트는 9골 2어시스트로 총 11개였고.

이에 대한 보상으로 3개의 레벨을 올릴 수 있었다.

결과적으로 세비야 FC와의 유로파리그 결승전에서 올린 레벨은 7개.

그에 따른 스탯 포인트는 고스란히 상태 창에 보관되어 있었다.

[현재 보유하신 스탯 포인트는 14입니다.]

[스탯 포인트 7을 사용하셨습니다.]
[드리블 능력치가 7 상승합니다.]
[현재 드리블 능력치는 137입니다.]

[스탯 포인트 7을 사용하셨습니다.]
[탈압박 능력치가 7 상승합니다.]
[현재 탈압박 능력치는 117입니다.]

* * *

유로파리그까지 끝난 지금.

리버풀에게 남은 일정은 없었다.

선수들은 더 이상 훈련장에 남지 않았다.

"크핫핫핫! 푹 쉬고 와라! 너희들은 그럴 자격이 있는 녀석들이야."

위르겐 클롭 감독의 말을 끝으로 선수들은 각자의 방법으로 시간을 보내기 시작했다.

이민혁 역시 피터, 부모님과 함께 한국으로 향했다.

「이민혁, 한국 입국! 팬들로 휩싸인 공항 빠져나가.」

「조심스럽게 입국한 이민혁, 팬들에게 감사하다는 말 남기고 움직여.」

「축구황제가 돌아왔다! 이민혁, 한국에서 스케줄 소화할까?」

탁!

피터가 미리 준비해 놓은 차에 올라탄 이민혁이 그제야 혀를 내둘렀다.

"사람들이 엄청 몰렸네요. 알리지도 않고 왔는데……."

그러자 피터가 씨익 웃으며 말했다.

"다른 사람도 아니고 이민혁 선수잖아요. 이민혁 선수의 인지도면 사람들에게 어떻게든 다 알려지게 되어 있죠. 그래도 그나마 비밀스럽게 와서 이 정도였던 걸 거예요."

"그렇겠죠?"

"그럼요."

그때였다.

뒷자리에 탄 채로 이민혁과 피터의 대화를 듣던 부모님이 입을 여셨다.

"우리 아들이 이젠 정말 스타가 됐네? 설마 모자랑 마스크를 써도 사람들이 다 알아볼 줄은 몰랐는데."

"젊은 친구들도 되게 많이 와 있던데, 따로 연락하는 여자 친구는 없니?"

마지막에 나온 어머니의 질문에 이민혁은 뒷머리를 긁적이며 대답했다.

"따로 연락하는 친구는 없어요. 물론 하려면 할 수 있는데 안 하는 거예요. 지금은 축구에만 집중하고 싶거든요."

"아들, 부연 설명까진 안 해도 돼."

"……."

한국에서 보내는 시간은 즐거웠다.

이민혁은 아무런 일정을 잡지 않았다.

현재 전 세계에서 가장 인기가 많은 축구선수 중 하나이고, 한국에서도 엄청난 스타가 된 이민혁이기에 CF와 방송 출연 제안이 많았지만, 이번만큼은 그냥 편하게 쉬고 싶었다.

"이게 산채 정식이라고 했죠?"

"입에 맞니? 민혁이 네가 어렸을 땐 안 좋아했던 것 같은데?"

"되게 맛있어요. 이걸 그동안 왜 안 먹었는지 후회가 될 정도로요."

"그럼 이것도 먹어 봐. 더덕을 구운 건데, 맛있을 거야."

"오… 지금 먹을게요!"

이민혁은 일부러 도시가 아닌 시골 위주로 돌아다니며 여행을 했다.

모자와 마스크를 쓰고 다녀야 하는 건 불편했지만, 그 덕에 시골에선 이민혁을 알아보지 못하는 경우가 많았다.

'이렇게 시간을 보내는 것도 축구만큼이나 즐겁네.'

이처럼 부모님과 함께 돌아다니며 맛있는 음식을 먹고, 관광지를 구경하는 건 평생 기억에 남을 추억이라고 느껴졌다.

그래서일까?

이민혁은 미래에 실행할 계획 하나를 짰다.

'나중에 은퇴하게 되면 부모님과 더 많은 시간을 보내야겠어.'

은퇴 이후엔 가족과 가능한 한 많은 추억을 만들겠다는 계획
이었다.

*　　　　*　　　　*

이민혁이 한국에서 편하게 쉬고 있을 때.

축구 팬들 사이에선 이민혁에 관련된 여러 소문이 돌았다.

ㄴ이민혁이 이적을 생각하고 있다던데? 어디로 갈 생각이지?

ㄴ엥? 리버풀에서 이제 한 시즌 뛰었는데, 이적을 한다고? 말
도 안 되는 소리. 정해진 계약 기간이 있을 텐데?

ㄴ이민혁의 계약기간이 다른 선수들에 비해서 짧다는 소문이
있어. 이민혁도 협상 때 그걸 원했었고.

ㄴ확실한 거 아니잖아? 난 믿지 않을래. 이민혁은 리버풀의 팬
들을 버리지 않을 거야.

ㄴ모르는 거지. 이민혁은 리버풀에 남기엔 너무 큰 선수가 되어
버렸어. 솔직히 EPL의 수비수들, 반칙을 쓰지 않으면 이민혁 못
막잖아?

ㄴ축구황제는 리버풀을 떠날 거야. 나도 친구한테 들었어.

ㄴ네 친구가 누군데?

ㄴ축구를 엄청 좋아하는 팬.

ㄴ미친놈.

└이민혁은 왜 입을 안 열고 있는 거지? 소문들이 사실이라서 그런 건가?

이러한 소문은 자연스레 기자들의 귀에도 들어갔고, 기사로도 작성됐다.

「이민혁, 리버풀 떠나나? 시즌 끝난 이후로 수많은 이적설에 휩싸여.」
「어디서든 주전으로 뛸 수 있는 이민혁, 축구 팬들은 그의 행보에 관심 폭발.」
「분데스리가에 이어 프리미어리그에서도 우승한 이민혁, 라리가 또는 세리에 A로 향하나?」

다만, 이민혁 본인은 크게 신경을 쓰지 않고 있었다.
"떡갈비 되게 맛있네요. 완전 입에서 살살 녹네!"
여전히 부모님과 함께 즐거운 미식 여행을 할 뿐이었다.

＊　　　　＊　　　　＊

시간은 계속 흘렀다. 어느덧 새로운 시즌을 대비해 훈련을 시작해야 할 시간이 됐다.
각자의 방법으로 휴식을 취하던 리버풀 선수들은 하나둘 팀에 복귀했다.
이민혁 역시 다를 게 없었다.

소문은 무성했지만, 이민혁은 팀에 복귀했다.

아직 리버풀을 떠날 생각이 없었다.

리버풀이 특별히 좋아서는 아니었다.

"한 시즌 뛰고 이적하는 건 너무 양아치잖아."

선수로서 최소한의 도리는 지키고 싶었고.

"여기서도 챔피언스리그 우승컵은 들어 봐야지."

리버풀과 리버풀의 팬들에게 챔피언스리그 우승컵을 안겨 주고 싶었기 때문이었다.

그리고.

이민혁이 팀에 복귀했다는 사실은 영국 내에서 큰 화제가 됐다.

「이민혁, 팀 복귀 완료! 이적설은 전부 거짓! 이민혁은 새로운 시즌에도 리버풀에서 뛴다.」

"별게 다 화제가 되네."

이민혁은 관련 기사를 보며 어이없다는 얼굴로 웃었지만.

리버풀의 팬들에겐 절대 어이없는 일이 아니었다.

이들은 이민혁의 잔류 소식에 크게 기뻐했다.

ㄴ오!!!!!!!!!! 이민혁이 돌아왔어! 축구황제가 다음 시즌에도 리버풀에서 뛴다고!!!!! 크······! 다른 팀 응원하던 놈들 리버풀과 이민혁 사이를 이간질하려고 하더니, 전혀 안 통했네?

ㄴ역시 이민혁은 근본이 있어. 한 시즌만 뛰고 팀을 떠날 녀석이 아니지.

ㄴ이민혁이 있다면 이번 시즌엔 챔피언스리그 우승도 노려볼
수 있겠는걸?

ㄴ당연히 리버풀이 우승이지! 지난 시즌에 보여 준 경기력이라
면 우승을 못 할 수가 없어.

ㄴ이민혁!!!!!! 사랑한다!!!!!!!!!! 네가 남아 줄 거라고 믿었어!!!

ㄴ프리미어리그에서 이민혁의 플레이를 더 볼 수 있다는 게 행
복하다. 그의 플레이를 보는 건 어떤 영화보다도 재밌어.

ㄴ프리미어리그 2016/17시즌도 리버풀이 우승하겠군!

ㄴ오우! 이민혁이 잔류한다고?!!! 정말 다행이야! 그럼 이번에도
우승하겠어! 위르겐 클롭 감독과 이민혁이 이끄는 리버풀은 역대
최고니까!

ㄴ이민혁은 리버풀에서 고작 한 시즌만 뛰었지만, 난 그가 리버
풀 역사상 최고의 선수라고 확신해. 스티븐 제라드에게 미안해지
긴 하지만… 어쩔 수 없어.

팬들이 이토록 기뻐하는 이유.

그 이유는 2016/17시즌 개막전의 결과로 드러났다.

「리버풀, 아스널 상대로 12 대 3 대승! 리버풀, 수비는 불안했지만 화
력은 압도적으로 강했다.」

「이민혁, 아스널과의 2016/17시즌 개막전에서 10골 터뜨리며 팬들을
열광케 해.」

이민혁의 활약은 계속됐다.

자연스레 리버풀의 연승이 이어졌다.

이민혁은 선발로 출전하지 않을 때는 있지만, 아예 출전하지 않은 경기는 없었다.

휴식을 위해 벤치에 앉아 있다가도 팀이 위기에 빠지면 어김없이 출전해서 팀을 구해 냈다.

「이민혁, EPL 2016/17시즌 5라운드 경기에서 첼시에게 밀리던 팀을 구해 내!」

「이민혁, 후반 교체 투입으로 20분 뛰며 2골 1어시스트 기록! 조커로도 완벽한 축구황제!」

「리버풀, EPL 12라운드 경기에서 사우샘프턴과 무승부 기록하나?」

「역시 이민혁은 달랐다! 경기 종료 10분 전에 투입되어 사우샘프턴의 수비 뚫어 내고 환상적인 골 기록!」

「수비 흔들리며 본머스에 무너질 뻔한 리버풀, 이민혁의 활약 덕에 승리해.」

「이민혁, 본머스전 2골 1어시스트 기록하며 득점 선두, 도움 선두 기록 이어 가.」

그리고 2016년 12월이 지금.

이민혁은 전 세계의 관심을 받는 무대 위로 올라섰다.

—2016 FIFA 발롱도르 수상자는… 축하합니다, 이민혁 선수!

이민혁의 발롱도르 수상.

놀라운 결과였다.

이전 시즌에서도 이미 한 차례 발롱도르를 수상한 적이 있던 이민혁이지 않은가!

게다가 이민혁은 지난 시즌처럼 푸스카스상을 받았고, 월드베스트 11에 올랐다.

이처럼 2년 연속으로 발롱도르와 각종 상을 받은 이민혁은 이제 명실상부 세계 최고의 선수가 되었다.

당연하게도 그에 따른 보상도 최고 수준이었다.

[퀘스트를 완료하셨습니다.]
[퀘스트 내용: 2016 FIFA 발롱도르를 수상하세요.]
[보상으로 경험치가 300% 증가합니다.]

[퀘스트를 완료하셨습니다.]
[퀘스트 내용: 2년 연속으로 FIFA 발롱도르를 수상하세요.]
[보상으로 경험치가 600% 증가합니다.]

[퀘스트를 완료하셨습니다.]
[퀘스트 내용: 2016 FIFA 푸스카스상을 수상하세요.]
[보상으로 경험치가 100% 증가합니다.]

[퀘스트를 완료하셨……]
…….

[레벨이 올랐습니다!]

[레벨이 올랐습니다!]

[레벨이 올랐습니다!]

[레벨이 올랐습니다!]

[레벨이 올랐습니다!]

[레벨이 올랐습니다!]

…….

…….

"오우……!"

오른 레벨은 무려 11개였다.

레벨이 높은 상황에서도 11개의 레벨업이라니!

침착한 성격을 지닌 이민혁이었지만, 지금만큼은 놀랄 수밖에 없었다.

워낙 압도적인 활약을 펼쳤기에 발롱도르까진 예상했지만, 이 렇게까지 많은 경험치를 받을 거라고는 생각하지 못했으니까.

"2년 연속 수상이라 경험치를 더 많이 받는구나."

이민혁은 메시지들과 상태 창을 번갈아 바라봤다.

여전히 스킬은 얻었다는 메시지는 뜨지 않았다.

다만, 아쉽게 느껴지지는 않았다.

예상보다 훨씬 더 많이 받은 스탯 포인트로도 충분하다고 느 껴졌으니까.

[스탯 포인트 10을 사용하셨습니다.]

[속도 능력치가 10 상승합니다.]
[현재 속도 능력치는 140입니다.]

[스탯 포인트 12를 사용하셨습니다.]
[몸싸움 능력치가 12 상승합니다.]
[현재 몸싸움 능력치는 127입니다.]

Chapter. 3

이민혁의 발롱도르 2회 연속 수상!

이 놀라운 일에 대한 전 세계 축구 팬들의 반응은 뜨거웠고.

특히 한국 축구 팬들의 반응은 굉장했다.

각종 포털사이트에는 이민혁의 이름과 이민혁과 관련된 단어가 1위부터 10위까지 올랐고.

각종 축구 커뮤니티에서도 한국 축구 팬들의 흥분한 마음이 진하게 드러났다.

ㄴㄷㄷㄷㄷㄷ 돌았다. 진짜 개돌았다ㄷㄷㄷㄷ

ㄴ발롱도르 2회 연속 수상이라니;;;;;;;;;;; 이거 맞아? 진심 한국에서 이런 선수가 어떻게 나온 거야?

ㄴ워… 할 말이 없다. 이민혁은 그냥 레전드야… 이건 국뽕이

아니라 그냥 실력으로 압도했잖아.

└이제 전 세계에서 이민혁 모르는 사람은 없겠지?

└없지. 이대로 몇 년만 더 뛰면 데이비드 베컴보다 더 유명해질 것 같음.

└우와ㅋㅋㅋㅋㅋ 이민혁이 리오넬 메시랑 크리스티아누 호날두를 또 이겼네.

└이민혁이 세운 기록을 봐. 막말로 이제 메시랑 호날두는 이민혁한테 못 비비지.

└이민혁은 수트핏도 지리고 실력도 지리네ㄷㄷ 진짜 ㅈㄴ멋있다.

└아!!!!!!!!!! 도저히 못 참겠어! 이민혁 경기 보러 영국 여행 가야겠다.

└아직도 안 갔냐? 먼저 가 봤던 형이 조언해 준다. 이민혁 경기 직관할 땐 무조건 기저귀 차고 가라. 살아생전 처음 보는 플레이에 너도 모르는 사이에 오줌 지릴 거니까.

└ㅋㅋㅋㅋㅋ위에 개오바하네.

└오바 같냐? 한번 가 봐. TV로도 알긴 알겠지만, 실제로 보면 이민혁이 왜 발롱도르 2회 연속 수상했고, 세계 최고의 선수가 됐는지 확실하게 알 수 있어.

└오늘부터 알바 시작한다. 목표는 이민혁 경기 직관.

이처럼 발롱도르를 2연속 수상하고, 팬들에게 많은 사랑을 받고 있지만.

이민혁의 삶은 평소와 같았다.

최선을 다해서 훈련하고 집에 가서 부모님과 즐거운 식사를 하는 것.

그게 끝이었다.

그래서일까?

이민혁의 활약은 계속해서 이어졌다.

지난 시즌에 유로파리그에서 우승한 리버풀은 이번 시즌엔 챔피언스리그에서 경쟁할 수 있게 됐고.

이민혁은 과거 바이에른 뮌헨에서 그랬듯, 이번 챔피언스리그에서도 좋은 모습을 보였다.

「리버풀, 챔피언스리그 16강 1차전에서 레스터시티에게 6 대 3 승리!」

「이민혁, 레스터시티의 수비 무너뜨리고 3골 2어시스트 기록!」

「리버풀, 챔피언스리그 16강 2차전에서도 레스터시티에게 승리하며 챔피언스리그 8강 진출!」

「축구황제 이민혁, 5골 몰아치며 레스터시티전 팀의 5 대 2 승리 이끌어!」

리버풀을 챔피언스리그 8강에 올려놓은 지금.

이민혁은 오랜만에 많은 경험치를 받아 낼 수 있었다.

[퀘스트를 완료하셨습니다!]
[퀘스트 내용: 챔피언스리그 8강에 진출하세요.]

[보상으로 경험치가 대폭 증가합니다.]

[퀘스트를 완료하셨습니다!]
[퀘스트 내용: 챔피언스리그 16강 2차전에서 팀 내 최고의 활약을 펼치세요.]
[보상으로 경험치가 대폭 증가합니다.]

[퀘스트를 완료하셨……]
…….

하지만 레벨은 쉽게 오르지 않았다.
2016/17시즌이 진행되고 있는 현재, 이민혁의 레벨은 293.
너무 높은 레벨이기 때문인지 어지간해선 레벨이 오르지 않고 있었다.
그래도.
"거의 다 됐어."
이민혁은 확신했다.
"16강에서 이 정도 경험치를 받았으니, 8강에선 더 많이 받겠지. 확실히 챔피언스리그가 좋긴 좋다니까?"
더 높은 곳으로 올라가고, 더 많은 경험치를 뽑아낼 수 있다고.

*   *   *

「리버풀 또다시 승리하며 승점 1위 이어 가! 지난 시즌에 이어서 이번 시즌에도 프리미어리그 우승컵 들어 올리나?」

「이민혁, 또 해트트릭! 축구황제는 멈추는 법을 잊었나?」

「기복 없는 이민혁, 리버풀을 프리미어리그 최고의 팀으로 만들어.」

리버풀의 좋은 분위기는 계속 이어졌다.

프리미어리그에선 연승을 계속 하며 승점 1위를 이어 갔고.

「리버풀, 아틀레티코 마드리드와의 1차전에서 3 대 1 승리!」

「해트트릭 기록한 이민혁, 수비에도 적극적으로 참여하며 아틀레티코 마드리드의 역습 막아 내!」

챔피언스리그에서도 8강 1차전에서 승리하며 유리한 상황을 만들었다.

다만, 아틀레티코 마드리드는 쉬운 상대가 아니었다.

이들은 철저하게 수비에 집중하며 리버풀의 실수를 기다렸다.

이민혁이 있었기에 3골을 넣을 수 있었지만, 리버풀의 다른 선수들은 아틀레티코 마드리드의 수비를 뚫어 내지 못했다.

2차전에서도 아틀레티코 마드리드의 전술은 같았다.

단단하게 웅크려 수비한 뒤에 역습을 노리는 전술.

디에고 시메오네 감독이 꾸준히 고수해 오고, 라리가에서 좋은 성적을 내는 전술이었다.

아틀레티코 마드리드의 전술은 분명 좋은 전술이었고, 리버풀 선수들에게도 아주 잘 통했다.

문제는 이민혁이 있다는 것 정도였다.

「리버풀, 챔피언스리그 8강 2차전에서도 아틀레티코 마드리드 제압하며 챔피언스리그 4강 진출!」

리버풀의 UEFA 챔피언스리그 4강 진출!

이건 리버풀의 팬들에겐 큰 감동을 주는 일이었다.

지난 시즌에 EPL과 유로파리그에서 우승을 거뒀지만.

별들의 전쟁이라 불리는 UEFA 챔피언스리그에선 경쟁하지 못했었으니까.

"드디어… 드디어 리버풀이 챔피언스리그 4강에 올라갔어……!"

"챔피언스리그 4강이라니… 이대로 우승까지 가는 건가?!"

"이민혁 만세! 이민혁 덕에 리버풀이 4강에 오를 수 있었어!"

"이건 완전히 이민혁의 활약 덕분이지! 솔직히 오늘 리버풀의 경기력은 좋지 못했어. 이민혁이 없었으면 아틀레티코 마드리드에게 졌을 거야."

"난 이민혁에게 평생 고마운 마음을 갖고 살 거야!"

리버풀의 팬들은 깊게 감동했다.

심지어 눈물을 흘리는 팬들도 많았다.

반면, 이민혁은 그런 팬들을 보며 감사함을 담아 손을 흔들었다.

경기에 뛴 선수 중 가장 늦게까지 경기장에 남아서 팬들과 사진을 찍어 줬다.

"이민혁 선수, 이제 들어가셔야 합니다."

이민혁은 경호원이 말린 뒤에야 라커 룸으로 향했다.

그리고 지금.

라커 룸으로 향하는 그의 시선은 허공으로 향해 있었다.

[퀘스트를 완료하셨습니다!]

[퀘스트 내용: 챔피언스리그 4강에 진출하세요.]

[보상으로 경험치가 20% 증가합니다.]

[퀘스트를 완료하셨습니다!]

[퀘스트 내용: 소속 팀의 챔피언스리그 4강 진출에 가장 큰 영향을
미치세요.]

[보상으로 경험치가 대폭 증가합니다.]

[퀘스트를 완료하셨⋯⋯.]

⋯⋯.

[레벨이 올랐습니다!]

몇 경기를 치르는 동안 경험치가 쌓이고 쌓였고, 그 결과 드디
어 레벨이 올랐다.

이민혁은 망설임 없이 스탯 포인트를 사용했다.

[스탯 포인트 2를 사용하셨습니다.]

[민첩 능력치가 2 상승합니다.]
[현재 민첩 능력치는 112입니다.]

리버풀의 4강 진출은 화제가 됐다.

리버풀은 현재 프리미어리그 최강의 팀이었고, 발롱도르 2회 연속 수상한 이민혁이 뛰는 팀이었으니까.

다만, 화제가 된 이유는 그것뿐만은 아니었다.

또 다른 이유가 있었다.

리버풀과 만날 팀이 라리가 최강의 팀 중 하나라는 것이 그 이유였다.

「리버풀, 챔피언스리그 4강에서 레알 마드리드 만난다! 프리미어리그 최강팀과 라리가 최강팀의 대결!」

「레알 마드리드, 이민혁이 뛰는 리버풀을 이길 수 있을까?」

「이민혁, 레알 마드리드 상대로도 압도적인 경기력 펼칠까?」

*   *   *

레알 마드리드의 훈련장.

이곳의 분위기는 무거웠다.

"더 빨리 줘!"

"방금은 네가 빈 공간으로 달려가 줬어야지! 벌써 잊은 거야? 계속 해 왔던 훈련이잖아!"

"집중해! 그딴 크로스는 통하지 않는 걸 몰라서 그러는 거야?!"

훈련이었음에도 감독과 코치들은 고함을 쳐 가며 선수들의
실수를 바로잡았고.

선수들은 실수를 줄이기 위해서 집중력을 높였다.

이에 레알 마드리드의 관계자들은 식은땀을 흘리며 혀를 내둘
렀다.

"살벌하다… 살벌해."

"난 요즘 분위기가 너무 살벌해서 출근하기가 무섭다니까?"

"나도 마찬가지야. 어휴……! 리버풀이랑 경기가 잡힌 이후로
계속 저 상태지?"

"맞아. 리버풀은 요즘 가장 핫한 팀이잖아. 챔피언스리그에서
강팀들을 전부 다 꺾고 있기도 하고. 심지어 최근엔 아틀레티코
마드리드까지 이겨 버렸잖아."

"그 경기 나도 봤어. 놀랍더라. 아틀레티코 마드리드가 더러운
수비축구를 하긴 하지만, 실력만큼은 확실한 팀인데 말이야."

이들이 어색해하는 건 이상한 일이 아니었다.

평소의 레알 마드리드는 이런 분위기가 아니었으니까.

"놀라운 건 선수들이 불만을 드러내지 않고 순순히 훈련에 참
여하고 있다는 거야."

"그러니까 말이야. 저 자존심 강한 선수들이 저럴 정도면…
어지간히 이기고 싶나 봐."

"자존심이 강하니까 참고 훈련하는 거지. 리버풀을 이기면 최
강의 팀으로 인정받을 수 있잖아. 챔피언스리그 결승에도 오를
수 있고."

관계자들의 말처럼 레알 마드리드의 선수들은 강한 자존심을 버리고, 순순히 감독과 코치들의 말에 따르고 있었다.

심지어 팀의 실세인 크리스티아누 호날두마저 불만 없이 훈련에만 집중할 정도였으니, 현재 레알 마드리드의 분위기가 얼마나 잘 잡혀 있는지 알 수 있었다.

이기고자 하는 강렬한 마음이 레알 마드리드에 변화를 준 것이다.

물론 마음가짐 때문만은 아니었다.

현재 레알 마드리드의 감독직을 수행하고 있는 남자가 지네딘 지단이기 때문이기도 했다.

프랑스의 레전드이자, 최고의 미드필더였던 남자 지네딘 지단.

선수들에게 존경을 받는 그였기에, 선수단을 수월하게 장악할 수 있었다.

그런 지네딘 지단은 굳은 얼굴로 크게 소리쳤다.

"어떻게든 이긴다. 우리는 패배는 생각하지 않아. 나와 너희들 모두 알고 있다. 우승하려면 리버풀과의 챔피언스리그 4강전에서 반드시 이겨야 한다."

*   *   *

챔피언스리그 4강 1차전.

지난 시즌부터 이번 시즌까지 좋은 경기력을 이어 가고 있는 리버풀과 역시나 좋은 경기력을 보여 주고 있는 레알 마드리드의 대결이었다.

「이민혁 vs 크리스티아누 호날두 맞대결 펼친다. 승자는 누구?」

이 경기는 꼭 레알 마드리드와 리버풀을 좋아하는 팬이 아니
더라도, 관심을 가졌다.

그럴 수밖에 없었다.

현시점 최강팀들의 대결이었으니까.

프리미어리그와 라리가의 자존심 대결이라고 해도 무방했으
니까.

─선수들이 입장하고 있습니다! 엄청난 환호가 쏟아지네요!

─리버풀과 레알 마드리드가 챔피언스리그 4강에서 만났지만,
이 경기는 사실상 결승전이나 다름이 없다는 말을 듣고 있죠!

─맞습니다. 많은 축구 팬 분들이 기대하던 경기고, 드디어 시작
되려 하고 있습니다!

양 팀 선수들의 눈빛은 강렬했다.

리버풀 선수들의 눈빛엔 자신감이 가득했고, 레알 마드리드
선수들의 눈빛에서도 강한 자신감이 드러났다.

이들은 악수를 나눌 때도 불꽃을 튀겼다.

"안녕? 오늘 멋진 경기 만들어 보자. 하지만 승리하는 팀은 우
리일 거야."

"리버풀이 요즘 프리미어리그에서 잘 나간다며? 근데 그건 알
아야 할 거야. 너희들은 라리가에 있었으면 우승 못 해."

"웃기는군. 바르셀로나도 제대로 제압하지 못하면서 센 척하고 있네."

"이민혁에게만 의존하는 유치원생 같은 녀석들보단 레알 마드리드가 낫지."

"어이가 없네. 너흰 리오넬 메시에게만 의존하는 바르셀로나도 못 이기면서 이민혁이 있는 리버풀을 이길 수 있겠어?"

물론 한 선수는 이런 상황에 관심을 보이지 않았다.

동료들과 상대 팀 선수들이 치열하게 말싸움을 하고 있지만, 그쪽으로는 시선도 주지 않았다.

이민혁, 그의 관심은 오로지 경험치와 레벨에만 향해 있었다.

"이번 경기에서 이기면 오랜만에 경험치 좀 짭짤하게 받겠지?"

*   *   *

이민혁이 씨익 웃었다.

레알 마드리드라는 최고 수준의 상대에게 받아 낼 경험치를 상상했기 때문에 나온 미소였다.

하지만, 이내 미소는 사라졌다.

"집중해야지."

방심할 생각은 없었다.

레알 마드리드는 강팀이니까.

선수들의 네임 밸류만 따지면 리버풀은 레알 마드리드에게 한참이나 밀리는 게 사실이었으니까.

게다가 이곳은 챔피언스리그 4강이다.

선수들의 동기부여도 강력할 수밖에 없다.

"저쪽 분위기 보면 준비도 잘해 온 것 같고."

축구를 오래 해 와서인지 상대의 분위기를 보면 단숨에 알 수 있게 되는 것이 있다.

상대의 자신감이 진짜인지, 아니면 허세인지, 얼마나 준비를 잘해 왔는지.

감으로 알 수 있게 된다.

이민혁의 감은 틀리지 않았다.

레알 마드리드는 리버풀을 이기기 위해서 필사적으로 준비했고, 그 결과를 경기 초반에 움직임으로 보여 줬다.

─레알 마드리드가 영리하게 경기를 풀어 나가고 있습니다.

─이민혁을 대놓고 피해 다니고 있죠? 아무래도 이게 오늘 레알 마드리드가 준비한 전략의 핵심인 것 같네요!

─다른 팀들도 몇 번 시도해 봤지만, 성공하지 못했던 전략인데 오늘은 과연 어떤 결과를 보여 줄지 궁금합니다.

해설들의 말처럼 레알 마드리드가 준비해 온 전술은 이민혁 고립시키기였다.

이민혁에게 최대한 공이 가지 않게 만들어, 이민혁이 활약할 수 있는 상황을 최대한 만들지 않는 것.

물론 쉬운 일은 아니었다.

이민혁은 다른 선수들보다 훨씬 더 많이 뛰니까.

그렇게 많이 뛰는 걸 후반전에도 유지하는 선수였으니까.

―리버풀을 상대로 레알 마드리드와 같은 전술을 준비해 온 팀들은 전부 후반전에 무너졌었거든요?

―맞습니다. 이민혁 선수의 체력이 다른 선수들보다 뛰어나기 때문에 전반전엔 어떻게든 고립을 시키는 데 성공하더라도, 후반전엔 결국 이민혁 선수를 놓치게 되죠.

―흥미롭습니다. 최고 수준의 선수들이 모인 레알 마드리드가 이민혁이 있는 리버풀을 공략할 수 있을지, 지켜보는 재미가 있을 것 같네요.

레알 마드리드에서 뛰는 대부분의 선수가 최고 수준의 기본기를 지녔다.

패스와 탈압박 능력 또한 다 좋았다.

또한, 이들은 영리했다.

모든 선수가 감독이 지시한 내용을 이행할 수 있을 정도의 축구 지능을 지녔다.

그래서일까?

경기 초반, 최전방 스트라이커로 출전한 이민혁은 고립됐고 리버풀은 고전했다.

―토니 크로스, 크리스티아누 호날두에게 연결합니다! 오오! 크리스티아누 호날두가 왼쪽 측면을 뚫어 냈습니다!

크리스티아누 호날두의 컨디션은 좋았다.

리버풀의 풀백과의 대결에서 쉽게 이겨 낼 정도로.

─크리스티아누 호날두! 크로스를 올립니다!

크리스티아누 호날두는 안으로 파고들며 직접 슈팅을 때리는
것을 좋아하지만.

정교한 크로스를 뿌릴 능력도 지닌 선수였다.

터엉!

크리스티아누 호날두가 올린 공이 리버풀의 페널티박스 안으
로 쏘아졌다. 그곳에서 기다리고 있던 선수는 카림 벤제마.

월드클래스 스트라이커인 그는 리버풀의 센터백들이 지키는
공간에서도 자신 있게 움직였다.

─카림 벤제마! 헤딩! 우오오옷! 슈퍼세이브입니다! 이걸 시몬 미
뇰레 골키퍼가 막아 내네요!

시몬 미뇰레 골키퍼가 손으로 쳐 낸 공이 골라인 밖으로 날
아갔다.

그의 놀라운 선방이 나왔기에 골을 허용하지 않았지만, 굉장
히 위험한 상황이었다.

그래서 시몬 미뇰레 골키퍼는 수비진을 향해 강하게 소리쳤
다.

"집중해! 상대한테 크로스랑 헤딩을 쉽게 내주지 마!"

이민혁도 가만히 있지 않았다.

시몬 미뇰레처럼 화를 내진 않았지만, 동료들을 다독이며 분위기를 살리기 위해 노력했다.

"괜찮으니까 다들 해 왔던 대로 해요! 많이 뛰고, 항상 생각하면서!"

단순히 말만 한 것이 아니었다.

이민혁은 경기장에 있는 그 누구보다도 열심히 뛰며 공을 잡기 위해 노력했다.

최전방 스트라이커로 출전했음에도 계속해서 밑으로 내려오거나 측면으로 빠져 가면서 상대 수비수들의 체력을 빼 놓았다.

게다가 레알 마드리드가 계속해서 이민혁을 고립되게 만들려고 하자, 이민혁은 직접 공을 뺏어 내기 위해 몸을 날렸다.

―이민혁 태클! 날카롭습니다!

―이민혁이 카세미루의 공을 뺏어 냈습니다! 아~! 카세미루, 방심했죠! 이민혁을 상대로는 절대 방심해선 안 됐거든요!

―날이 갈수록 태클 실력이 더 좋아지는 것 같은데요? 도대체 이민혁 선수는 얼마나 많은 훈련을 하는 걸까요?

―원래도 어지간한 수비수들보다도 더 태클을 잘한다는 말은 많았지만, 지금 보여 준 실력이면 EPL 내에서도 태클 실력으로는 탑급에 속할 것 같은데요?

―스트라이커나 윙어로 뛰면서 EPL 탑급 수준의 태클 능력을 지녔다니… 만화에서나 나올 법한 선수네요!

레알 마드리드의 중앙 미드필더 카세미루.

뛰어난 실력을 지녔고, 쉽게 공을 뺏기지 않는 선수였지만 굉장히 빠르고 정교한 이민혁의 태클을 피해 내진 못했다.

─이민혁이 몸을 일으킵니다! 카세미루가 공을 뺏어 보려고 하지만, 이민혁이 공을 뺏기질 않습니다!

이민혁은 카세미루를 보고 있지 않았다.

그에게 뺏기지 않을 거라는 확신을 지니고 있었기에, 이미 전방을 바라보며 한 수, 두 수 앞을 내다보고 있었다.

'좀 더 치고 나가서 수비를 끌어들여야겠어. 그다음엔 공간을 찾아 들어갈 호베르투 피르미누나 필리페 쿠티뉴에게 패스를 넣어 주면 되겠지.'

그런데 이때.

강한 타격음이 이민혁의 귀에 파고들었다.

퍼억!

동시에 이민혁은 발목에서 강한 통증을 느꼈다.

"윽!"

이민혁은 갑작스레 느껴지는 강한 고통에 바닥을 뒹굴었다. 그러면서도 공을 몸 안으로 숨겨 역습을 방지했다.

"뭐야?!"

이민혁이 고개를 돌려 상대를 바라봤다.

카세미루였다. 그의 얼굴을 보자마자, 이민혁은 빠르게 상황을 파악했다.

'반칙으로 끊은 거네.'

삐이이익!

주심의 휘슬 소리가 들린 순간, 이민혁은 자신의 예상이 맞았다는 걸 알게 됐다.

*　　　　*　　　　*

이민혁이 바닥을 구른 순간 경기장의 분위기가 싸늘하게 식었다.

하지만 그것도 잠시, 잔뜩 흥분한 리버풀 팬들의 목소리가 경기장에 울려 퍼지기 시작했다.

"야, 이 새끼야! 감히 누구한테 더러운 태클을 하는 거야?!"

"카세미루 저 역겨운 놈! 아오! 이민혁은 절대 다치면 안 되는 선수인데……!"

"주심! 겨우 옐로카드를 준다고? 미친 거 아니야?! 악의적으로 중요한 상황에서 끊었는데, 당연히 퇴장을 시켜야지!"

"저 자식이 이민혁을 건드려? 야! 뒈지고 싶냐?!"

"이민혁의 상태는 괜찮은 건가? 만약 리버풀의 보물을 다치게 하면 카세미루 너는 내가 절대 가만히 안 놔둔다!"

다소 거친 태클을 한 카세미루를 향해 쏟아지는 욕설들.

하지만 카세미루는 이에 신경을 쓰지 않았다. 관중들의 욕설을 무시할 수 있는 프로였고, 감독에게도 이미 거칠게 플레이해서라도 이민혁을 막으라는 지시를 받았기 때문이었다.

그리고.

이런 지시를 받은 건 카세미루뿐만이 아니었다.

오늘 레알 마드리드의 모든 선수는 거친 반칙으로라도 이민혁을 막아 내라는 지시를 받은 상태였다.

"아오… 아파라."

이민혁이 인상을 찌푸리며 몸을 일으켰다.

발목에서 느껴지는 고통이 상당했다. 다만, 이민혁은 다치진 않았다는 걸 확신하며 침착함을 유지할 수 있었다.

[부상을 입을 수 있는 위험한 태클에 당했습니다!]

['강인한 신체' 스킬 효과가 발동됩니다!]

[쉽게 다치지 않게 됩니다.]

태클에 당한 순간에 떠오른 메시지가 이민혁을 안심시켰고.

[단단한 뼈]

유형: 패시브

효과: 어떤 상황에서도 뼈가 부러지지 않게 됩니다.

보유하고 있는 '단단한 뼈' 스킬 역시 이민혁을 보호해 주고 있었으니까.

툭툭!

이민혁은 몸을 일으키고 몸에 묻은 잔디를 털어 냈다.

그때, 어느새 다가온 동료가 질문을 해 왔다.

"민혁, 프리킥 찰 수 있겠어? 힘들면 내가 찰게."

이민혁이 고개를 돌려 동료의 얼굴을 바라봤다.

진지한 얼굴로 질문하는 동료의 눈빛엔 욕심이 드러났다.

직접 프리킥을 차고 싶다는 욕심과 멋진 골을 넣어 주인공이 되고 싶은 욕심.

다만, 그 모습이 나쁘게 보이진 않았다.

해외에서 만난 선수들은 대부분 이랬고, 이민혁도 프로라면 욕심이 있어야 한다고 생각했으니까.

물론.

"내 다리는 멀쩡해."

양보해 줄 생각은 없었다.

─이민혁이 직접 프리킥을 준비합니다! 다행히 태클에 당한 다리 상태가 괜찮은 모양이네요!

─느린 화면으로 봤을 땐 굉장히 아파 보였던 태클이었는데, 보이는 것보단 아프지 않았던 걸까요?

─그럴 수도 있지만, 아마도 참고 있는 거 아닐까요? 이민혁은 강인한 신체를 지닌 것으로 워낙 유명한 선수니까요.

이민혁은 프리킥을 준비하며 오른쪽 발목을 쓰다듬었다.

크게 다치진 않았지만, 여전히 불쾌한 고통이 느껴졌다.

'골을 넣으면 좀 나아지려나? 그래, 왠지 골을 넣으면 덜 아파질 것 같아.'

집중력을 끌어올렸다.

골로 고통을 치료할 생각이었고, 그러려면 눈앞에 세워 둔 공을 아주 잘 차야만 했다.

삐이익!

프리킥을 차도 된다는 주심의 신호.

그에 맞춰서 이민혁이 달렸다.

짧은 거리에 있는 공을 향해 순간적으로 속도를 높여 달려들었다.

터어엉!

이민혁은 몇 가지 프리킥 기술을 구사할 수 있다.

바이에른 뮌헨 시절 동료들에게 배웠던 프리킥 기술과 리버풀에 와서 새롭게 터득한 프리킥 기술들.

그리고 각종 영상을 시청하고 연습하며 익힌 기술들.

그중 이민혁이 가장 좋아하는 것은 아웃프런트로 때리는 프리킥이었다.

현재 이민혁의 슈팅 능력치는 136.

훈련 땐 벽을 세워 두고 프리킥을 10번 시도하면 8~9번은 골로 연결하는 수준이었다.

─고오오오오오올! 들어갔습니다! 이민혁의 발이 레알 마드리드를 상대로 불을 뿜었습니다! 이야아아! 이건 정말 엄청난 골이네요!

─레알 마드리드의 나바스 골키퍼가 꼼짝도 할 수가 없었습니다! 오른발 아웃프런트로 찰 거라는 생각은 못 했을 거거든요!

─예상은 하고 있었을 수도 있습니다! 이민혁은 종종 아웃프런트 킥을 보여 주는 선수니까요! 하지만 아웃프런트 슈팅이 방금처럼 제대로 걸리면 알고도 못 막죠! 아웃프런트 킥이 워낙 어려운 난이도를 가진 슈팅 기술이기 때문에 골키퍼들은 자주 접해 볼 수가 없고, 익숙하지도 않습니다. 그렇기에 지금처럼 제대로 걸린 아웃프런트 슈팅에 나바스 골키퍼가 제대로 반응할 수가 없던 겁니다!

　아름다운 골이었다.
　경기장에 있던 리버풀의 팬들은 자리에서 일어나 열광했다.
　이민혁은 그들을 향해 손가락 하나를 들어 올리며 분위기를 더욱 끌어올렸다.

　─이민혁 선수가 손가락을 들어 올리는 세리머니를 펼치고 있습니다! 이민혁 선수가 보통 이런 세리머니를 할 때면 더 많은 골을 노리곤 하는데요~! 과연 레알 마드리드를 상대로 멀티 골을 기록할지, 궁금해지네요!

　프리킥으로 선제골을 내준 이후.
　레알 마드리드는 더욱 거칠게 나왔다.
　마치 바르셀로나를 상대하듯 필사적으로 리버풀 선수들을 괴롭혔다.

　삐이익!

주심의 반칙 선언이 점점 더 잦아졌다.

이제 겨우 전반전 40분이 지났을 뿐인데, 레알 마드리드 선수들은 이제 옐로카드를 받지 않은 선수를 찾는 게 더 어려워졌다.

하지만 효과는 확실했다.

─들어갔습니다! 크리스티아누 호날두입니다! 페널티킥을 깔끔하게 성공시키며 추가골을 터뜨립니다!

─아… 경기 초반과는 다르게 리버풀의 분위기가 좋지 않습니다!

현재 시각 전반전 41분.

스코어는 3 대 2.

3골로 앞서가는 팀은 레알 마드리드였다.

                    *   *   *

분명 선제골을 넣은 팀은 리버풀이었다.

이민혁이 반칙을 얻어 내고 직접 프리킥으로 만들어 낸 멋진 골.

이런 골을 넣은 팀은 보통은 기세를 잡고 가게 된다.

게다가 골이 터진 시간도 일렀다.

여러모로 골을 허용한 팀은 정신적 타격이 클 수밖에 없었다.

그런데.
레알 마드리드의 정신력은 조금도 흔들리지 않았다.

—크리스티아누 호날두! 이스코의 패스를 그대로 골로 연결합니다! 호날두의 침투하는 속도가 엄청났습니다!
—리버풀의 수비가 반응을 못 했네요. 크리스티아누 호날두를 완전히 놓쳐 버렸습니다. 이러면 경기가 더 재밌어지겠는데요? 레알 마드리드가 매우 이른 시간에 동점골을 만들었습니다!

오히려 리버풀을 경기력으로 압도했다.
동점골을 만들어 낸 건 시작에 불과했다.

—우오오오옷! 들어갔습니다! 벤제마입니다! 카림 벤제마가 정확한 헤딩슛으로 리버풀의 골 망을 흔들었습니다!
—역전골이네요! 분명 경기 초반엔 리버풀이 선제골을 터뜨리며 기세를 잡아 가나 했는데, 얼마 지나지 않아서 경기의 분위기가 이렇게나 바뀌네요!

레알 마드리드는 전반 31분, 역전골을 터뜨리며 기세를 높였다.
이제 분위기만 보면 리버풀이 무너져 버릴 것처럼 보였다.
하지만 리버풀이 어떤 팀이던가.
발롱도르 2연속 수상으로 현시점 세계 최고의 선수인 이민혁을 보유한 팀이 아니던가.

이민혁은 레알 마드리드를 상대로도 자신의 실력을 드러냈다.

─오오오! 이민혁! 이민혁입니다! 이민혁이 측면에서 중앙으로 파고듭니다! 이 움직임은 이민혁의 전매특허 중 하나죠!

─라모스가 앞을 가로막습니다! 이민혁, 어떤 선택을 할까요?! 오오! 때립니다! 고오오오오오오올!

─이민혁의 슈팅이 레알 마드리드의 골대 안으로 아름답게 파고듭니다! 역시 이민혁! 세르히오 라모스를 앞에 두고서도 완벽한 슈팅을 보여 주네요!

─경기가 더욱 재밌어지고 있습니다! 이제 양 팀의 스코어는 2 대 2 동점입니다!

라리가 최강의 팀 중 하나인 레알 마드리드를 상대로 이민혁이 개인 능력으로 만들어 낸 골.

그로 인해 경기장의 분위기는 더욱 뜨겁게 달궈졌다.

그런 상황에서.

레알 마드리드의 에이스 크리스티아누 호날두가 또다시 골을 터뜨리며 리버풀의 힘을 빼 났다.

─고오오오오오올! 크리스티아누 호날두! 오늘 2개의 골을 터뜨렸습니다! 역시 크리스티아누 호날두! 리버풀을 무너뜨리고 있습니다!

─난타전입니다! 전반전에만 5골이 터지는 경기가 될 줄은 몰랐는데 말이죠!

전반전이 끝나기도 전에 만들어진 3 대 2 스코어.

리버풀을 응원하던 팬들은 최근에 느껴보지 못했던 불안함이라는 감정을 느꼈다.

"이거… 이러다가 지는 거 아니야……?"

"리버풀이… 진다고? 이민혁이 있는데……?"

"오늘 우리 수비가 불안한 것도 있긴 한데, 솔직히 레알 마드리드의 공격이 너무 날카로워."

"전반전에 3골이나 먹히다니……."

"오늘 좀 불안한데……? 이민혁이 2골이나 넣어 줬는데도 이렇게 흔들리면……."

반면, 레알 마드리드의 팬들은 지금 벌어지고 있는 일에 기뻐하며 웃음을 터뜨렸다.

"푸하하핫! 리버풀 녀석들 역시 이민혁 원맨팀이었어! 이민혁이 2골을 넣으면 뭐 해? 리버풀 수비수들이 자동문인데!"

"확실히 이민혁은 어나더 클래스가 맞아. 하지만 경기는 레알 마드리드가 이기겠군!"

"크흐흐! 오늘 리버풀 경기력 보니까 이민혁이 빠지면 아예 상대도 안 되겠네."

"리버풀 애들 표정 좀 봐 봐! 큭큭! 리그 우승하다가 진짜 강한 팀 만나니까 당황했나 봐."

이처럼 레알 마드리드의 팬들이 기뻐하고 있을 때.

리버풀의 선수들은 확실히 당황하고 있었다.

'…너무 강한데? 이거, 이길 수 있으려나……?'

'전반전에 3골이나 내주다니… 젠장! 미안해서 이민혁의 얼굴을 못 쳐다보겠네.'

'경기가 너무 안 풀려. 뭔가 다르게 해야 할 것 같은데… 전반전 끝나면 감독님이 알려 주시겠지? 하… 우선 전반전이 빨리 끝났으면 좋겠다.'

'벌써 지치는데? 레알 마드리드 자식들 압박이 장난이 아니야. 실력도… 우리보다 위야.'

생각보다 더 강한 레알 마드리드의 전력에 당황했고.

리버풀의 전술에 맞는 카운터를 확실히 준비한 것에도 당황했다.

다만, 한 선수만큼은 여전히 침착했다.

'이야… 이 경기가 3 대 2가 되네? 초반엔 분위기 잡았다고 생각했는데 기어코 회복하고 골을 넣는구나. 역시 레알 마드리드다워.'

이민혁, 그는 과거 레알 마드리드를 상대해 본 적이 있기에 저들의 전력을 기억하고 있었다.

그래서 당황하지 않았다.

'냉정하게 말하면 레알 마드리드의 전력이 리버풀보다 더 강하니까.'

바이에른 뮌헨에 있을 땐, 동료들의 실력이 레알 마드리드 선수들과 엇비슷한 느낌이었다면.

지금 리버풀 선수들과 레알 마드리드 선수들의 실력 차이는 그보다 심하게 느껴졌다.

'시몬 미뇰레의 컨디션도 좋지 않은 것 같고.'

시몬 미뇰레는 분명 리버풀 최고의 골키퍼지만.

부담감 때문인지 오늘만큼은 지닌 실력을 제대로 보여 주지 못하고 있다.

'생각했던 것보다 조금 더 어려운 경기가 되겠어.'

이민혁이 느끼기에도 지금의 분위기를 바꾸는 건 쉽지 않아 보였다.

하지만.

'이런 경기에서 이기면 훨씬 더 짜릿하게 마련이지.'

이민혁은 충분히 이길 수 있다고 믿었다.

'쉽지 않고, 어렵긴 하지만, 못 이길 정도는 아니잖아? 이미 이겨 보기도 했고.'

$$* \qquad * \qquad *$$

삐이이이익!

―후반전이 시작됩니다!

―양 팀 모두 교체 없이 후반전을 맞이하네요.

―레알 마드리드는 교체 카드를 쓸 줄 알았는데, 조금 의외네요? 전반전에 많은 선수가 옐로카드를 받았거든요?

―전반전이 끝나기 전, 분위기가 좋았기 때문에 교체 카드를 사용하지 않았던 것 같네요. 하지만 시간이 조금 지나면 교체 카드를 사용할 것 같습니다. 오늘 레알 마드리드 선수들은 이민혁을 고립시키기 위한 전술을 이행하느라 체력 소모가 컸거든요!

경기 시작과 동시에 이민혁이 적극적으로 움직였다.

스트라이커로 출전했지만, 포지션에 신경 쓰지 않고 팀의 연계에 집중했다.

직접 밑으로 내려가서 공을 받아 주는 이민혁의 움직임은 레알 마드리드의 미드필더진에 혼란을 줬다.

더구나 전반전에 많은 체력을 쓴 레알 마드리드 선수들은 후반전이 시작된 지 얼마 되지 않아서부터 힘들어하는 모습을 보였다.

그런 상황에서 이민혁은 여전히 활발하게 움직이며 레알 마드리드 선수들의 시선을 끌었다.

─우와아! 이민혁이 화려한 개인기로 카세미루의 압박을 벗어납니다! 카세미루가 이번엔 반칙으로 끊지 못합니다!

─전반전에 이미 옐로카드 한 장을 받았기 때문이겠죠! 이민혁이 전진합니다!

이민혁의 전진은 레알 마드리드의 수비진에게 두려움을 줬다.

당해 보지 않았으면 모를까, 레알 마드리드 수비진의 머릿속엔 이민혁에게 심하게 당했던 기억들이 남아 있었다.

더구나 레알 마드리드의 수비수들은 전반전에 옐로카드를 받은 전적이 있다.

자연스레 이민혁의 앞을 막아선 수비수들은 위축된 수비를 펼쳤다.

그리고.

이민혁에게 겁먹은 상대들은 요리하기 쉬운 먹잇감에 불과했다.

스윽! 툭! 휘익!

이민혁은 발바닥으로 공을 끌며 왼쪽으로 들어갈 것처럼 페인팅을 준 뒤, 급격히 속도를 높여 오른쪽으로 파고들었다.

"허억?!"

라파엘 바란이 깜짝 놀라서 몸을 틀었지만, 이민혁은 이미 그를 지나쳤다.

중앙수비수인 라파엘 바란이 뚫리자, 순간적으로 레알 마드리드의 수비진엔 구멍이 생겼다.

이민혁은 그 틈을 놓치지 않았다.

퍼엉!

골키퍼 앞에서 강하게 때린 슈팅이 엄청난 속도로 쏘아졌다.

레알 마드리드의 나바스 골키퍼가 믿을 수 없는 반응속도로 몸을 날렸지만, 이민혁이 때려 낸 공의 속도가 훨씬 더 빨랐다.

─고오오오오오올! 들어갔습니다! 이민혀어어어억! 동점을 만들어 냅니다!

동점골을 허용한 이후.

레알 마드리드는 이를 악물고 전반전에 그랬던 것처럼 강한 압박을 시도했다.

하지만 후반전인 지금, 전반전만큼의 체력이 남아 있을 리는
만무했고.

리버풀은 크게 힘들어했던 전반전과는 달리, 후반전엔 수월하
게 레알 마드리드의 압박을 버텨 냈다.

―리버풀이 경기를 잘 풀어 나가고 있습니다. 필리페 쿠티뉴, 피
르미누에게 공을 연결합니다. 피르미누, 한 번의 터치로 애덤 럴라
나에게 패스합니다! 애덤 럴라나……

리버풀의 연계가 살아나자, 자연스레 레알 마드리드가 뒤로
몰렸다.

위기를 맞은 레알 마드리드의 선수들은 웅크린 채로 리버풀의
공격에 대항했다.

―레알 마드리드가 리버풀의 공격에 힘들어하고 있습니다! 반면
에 리버풀은 침착하네요. 전혀 급하지 않습니다!

―리버풀로서도 급할 필요가 없죠. 아직 시간은 꽤 남아 있고,
더 지친 건 레알 마드리드거든요! 또한, 레알 마드리드의 역습을
무시할 수 없다는 이유도 있습니다. 레알 마드리드는 세계 최고 수
준의 역습 능력을 지닌 팀이거든요!

상대의 빈틈을 찾으려는 리버풀과 단단하게 웅크린 채 역습
을 노리는 레알 마드리드.

경기는 소강상태로 흘러갈 것처럼 보였다.

그러나.

이민혁은 그런 상황을 만들 생각이 없었다.

—어? 이민혁이 직접 공을 몰고 전진합니다!

수비하는 선수들로 바글바글한 레알 마드리드의 페널티박스 안으로.

이민혁은 과감하게 드리블을 하며 전진했다.

"뭐, 뭐야? 저길 들어간다고? 아무리 이민혁이라도 너무 무리하는 거 아니야?"

"저 자식, 웃기는 플레이를 하는군!"

"드리블 능력이 좋은 건 알지만, 저길 어떻게 뚫겠다는 거야? 어이가 없네!"

레알 마드리드의 팬들은 이민혁의 판단력을 대놓고 비웃었다.

이들이 볼 때, 이민혁의 판단은 정상이 아니었다.

제아무리 이민혁이라고 해도 웅크린 레알 마드리드의 수비를 정면으로 뚫는 건 무리라고 믿었으니까.

게다가 레알 마드리드의 수비진엔 세계 최고의 수비수 중 하나인 세르히오 라모스가 있었으니까.

그러나.

레알 마드리드의 팬들은 알지 못했다.

[이민혁]

레벨: 294

나이: 23세(만 21세)

키: 183㎝

몸무게: 78㎏

주발: 양발

[체력 110], [슈팅 136], [태클 100], [민첩 112], [패스 100]

[탈압박 123], [드리블 137], [몸싸움 127], [헤딩 115], [속도 140]

스킬: [예리한 슈팅], [예리한 패스]…….

…….

현재 이민혁의 드리블은 137이고, 탈압박과 몸싸움은 123, 127이라는 사실을.

즉, 말도 안 되는 피지컬을 지닌 괴물이 되어 버렸다는 사실을.

─이민혁이 라파엘 바란과 세르히오 라모스를 밀고 들어갑니다! 아! 라파엘 바란이 튕겨 나가네요! 이민혁, 충격적인 피지컬입니다! 세르히오 라모스가 거칠게 덤벼 보지만, 이민혁은 꿈쩍도 하지 않습니다! 세르히오 라모스가 이민혁의 전진을 막지 못합니다!

세르히오 라모스는 필사적이었다.

어깨를 집어넣으려고 시도하고, 교묘하게 옷을 잡아당기며 어떻게든 이민혁의 전진을 막으려고 했다.

"크읔! 이 자식! 절대 못 들어간다!"

세계 최고의 수비수인 세르히오 라모스의 필사적인 견제를 받는 지금.

이민혁은 우직하게 전진했다. 또한, 기술적이었다. 정교한 태클을 섞어 주는 세르히오 라모스의 의도를 전부 간파하며 공을 컨트롤했다.

ㅡ지금 무슨 일이 일어나고 있는 거죠?! 이민혁이 잔뜩 웅크린 레알 마드리드의 수비진을 정면에서 부숴 버리고 있습니다!

이민혁은 양팔을 넓게 펼친 채, 상체로는 덤벼드는 수비수들을 밀어냈고.

다리로는 공을 완벽하게 컨트롤하며 전진했다.

그리고 지금.

휘익!

이민혁이 갑작스레 몸을 회전했다.

세르히오 라모스와 라파엘 바란이 이민혁의 움직임을 쫓았다. 그런데 이때.

툭!

이민혁은 몸을 돌리는 힘을 이용해 뒤꿈치로 공을 툭 밀었다.

그 누구도 예상하지 못한 기습적인 슈팅이었다.

세르히오 라모스, 라파엘 바란, 나바스 골키퍼 모두 반응하지 못했다.

해설들 또한 갑작스레 벌어진 일에 잠시 입을 열지 못했다.

—…어어……? 이건……?!

*   *   *

몸을 돌리는 순간에 나온 기습적인 힐킥.

레알 마드리드의 나바스 골키퍼는 반응도 하지 못한 채, 골대 안으로 들어간 공을 멍하니 바라봤다.

"갑자기 뒤꿈치로 슛을 한다고……?"

황당한 얼굴로 이민혁을 바라보던 나바스가 이내 관중석으로 시선을 옮겼다.

그러자 지금 벌어진 일을 믿기 싫다는 눈빛을 보내고 있는 팬들의 모습이 보였다.

"후… 젠장……."

쓸쓸한 마음이 차올랐다.

나바스 골키퍼는 더 이상 팬들의 얼굴을 보지 못했다.

이제 그의 시선은 레알 마드리드에게 4골을 넣은 선수에게로 향했다.

"이민혁… 저 괴물 같은 놈……."

스코어는 4 대 3이 되었지만, 충분히 역전할 수 있는 시간이 남아 있다.

다만, 나바스의 눈빛은 강렬했던 전반전보다 많이 죽어 있었다.

나바스만 그런 게 아니었다.

레알 마드리드의 다른 선수들의 눈빛도 힘을 잃어가고 있었다.

'저 괴물… 우리한테 4골을 넣었어……'

'저런 놈을 어떻게 막으라는 거지……?'

'이민혁 저놈, 아직 체력도 많이 남은 것 같은데?'

'어떻게 슈팅을 때리는 족족 유효슈팅이 될 수가 있지? 도대체 어떤 훈련을 하는 거야?!'

'하… 도저히 못 막겠는데 어쩌지?'

반면, 리버풀의 분위기는 완전히 살아났다.

선수들의 얼굴엔 다시 자신감이 드러났고, 팬들은 열정적인 응원을 보내왔다.

"으하하핫! 이거 봐! 이민혁의 리버풀은 그 누구도 못 막는다니까? 레알 마드르드라고 다를 거라고 말했던 멍청이들 다 어디 갔어? 어? 어디 갔냐고!"

"캬! 레알 마드리드도 축구황제는 못 막지. 세르히오 라모스랑 라파엘 바란 둘 다 튕겨 나가는 거 다들 봤지?"

"하하하! 이민혁이 서 있는 자리엔 빛밖에 안 보여."

"세르히오 라모스가 이민혁의 앞에선 어린애처럼 보였어. 저 라모스가 세계 최고의 수비수인데… 도대체 이민혁의 수준은 얼마나 높다는 걸까?"

"이민혁! 넌 역시 최고의 선수야!"

레알 마드리드는 힘을 내 보려고 했다.

선수를 교체하고, 전술을 조금씩 변경해 가며 어떻게든 골을 만들어 내려고 했다.

그러나.

─아……! 패스미스입니다! 이스코 선수, 방금 패스는 너무 부정확했죠!

─선수들의 체력이 많이 떨어졌네요. 아무래도 체력이 떨어지면 패스의 정확도가 떨어질 수밖에 없거든요?

이미 지쳐 버린 선수들의 숫자가 너무 많았다.

리버풀 역시 지쳤지만, 레알 마드리드보다는 상황이 훨씬 나았다.

─레알 마드리드가 전반전에 이민혁을 고립시키기 위해서 너무 많은 체력을 쓴 것 같습니다!

─아… 레알 마드리드가 이렇게 무너지나요?

레알 마드리드는 골을 넣고자 했지만, 리버풀에게 중원 싸움에서 이겨 내지 못했다.

때문에, 오히려 뒤로 물러났다.

─리버풀이 레알 마드리드를 몰아붙이고 있습니다! 아~! 레알 마드리드, 이러면 마음이 더 급해질 수밖에 없죠!

급해진 레알 마드리드 선수들은 집중력이 더욱 떨어진 모습을 보였다.

─아! 라파엘 바란, 치명적인 실수입니다! 패스가 너무 약했어요!

레알 마드리드의 젊은 수비수 라파엘 바란의 실수가 나왔다.
골키퍼에게 보내는 백패스의 강도 조절 실수였다.
그리고.
리버풀엔 스피드가 아주 빠른 선수가 있었다.

─이민혁이 공을 잡았습니다! 바로 때리나요? 때립니다! 고오오오오올! 들어갔습니다! 이민혁이 5골을 기록합니다!
─역시 이민혁은 상대의 실수를 놓치지 않네요! 라파엘 바란의 실수를 곧바로 골로 연결합니다!
─레알 마드리드로선 뼈아픈 실점이네요! 이러면 힘이 더 빠지거든요!

                    *   *   *

[퀘스트를 완료하셨습니다!]
[퀘스트 내용: 레알 마드리드를 상대로 5개의 골을 기록하세요.]
[보상으로 경험치가 10% 증가합니다.]

[퀘스트를 완료하셨……]
…….

[레벨이 올랐습니다!]

오랜만에 뜬 레벨업 메시지를 보며, 이민혁은 스탯 포인트를 사용했다.

[스탯 포인트 2를 사용하셨습니다.]
[탈압박 능력치가 2 상승합니다.]
[현재 탈압박 능력치는 125입니다.]

삐이이익!

경기가 재개된 이후.
레알 마드리드는 여전히 혼들리는 모습을 보였다.
이들은 최선을 다했지만, 여러 무기를 지닌 이민혁을 막아 내지 못했다. 어찌어찌 이민혁을 막아 보려고 할 때면 항상 다른쪽이 뚫리며 골을 허용했다.

-오리기입니다! 오리기가 이민혁의 크로스를 멋진 헤딩골로 연결합니다! 오리기! 세리머니를 펼치고 있습니다!

하지만, 레알 마드리드는 강팀이었다.
계속해서 밀리는 상황에서도 기회가 생기면 골을 만들어 냈다.

─오오오! 카림 벤제마! 강력한 슈팅으로 리버풀의 골문을 열었습니다!

─이야~! 오늘 정말 많은 골이 터지네요!

계속해서 터지는 골.

수비수들에겐 괴로웠지만, 경기를 보는 팬들에게는 너무나도 재밌는 상황이 이어졌다.

─야! 들어갔습니다! 이민혁이 이번엔 머리로 골을 넣네요! 이민혁이 제공권에서도 레알 마드리드를 압도합니다!

─점프력부터 차원이 다른데요? 세르히오 라모스가 필사적으로 막아보려고 했지만, 역부족이었습니다!

*　　　　*　　　　*

삐이이익!

주심의 휘슬을 끝으로 경기가 종료됐다.

양 팀 선수들 모두 바닥에 드러누웠다.

추가시간 때까지 최선을 다해서 뛴 결과, 이들 대부분 다리가 풀려 있었다.

다만 양 팀 선수들의 표정은 달랐다.

리버풀 선수들의 얼굴엔 환한 미소가 떠올랐고, 레알 마드리드 선수들의 얼굴은 딱딱하게 굳어졌다.

팬들의 분위기도 비슷했다.

리버풀의 팬들은 환호했고, 레알 마드리드의 팬들은 슬픈 표정으로 경기장을 빠져나갔다.

「리버풀, 챔피언스리그 4강 1차전에서 레알 마드리드와의 난타전 끝에 승리 거둬!」

「리버풀, 레알 마드리드에 7 대 4 승리! 챔피언스리그 결승전에 한 걸음 다가가.」

「축구황제는 역시 강했다. 이민혁, 6골 1어시스트 기록하며 레알 마드리드 무너뜨려!」

「위르겐 클롭 감독, '이게 현실이다. 크리스티아누 호날두와 카림 벤제마 모두 세계 최고 수준의 선수들이지만, 이민혁은 그들보다 더 높은 수준의 선수다. 내가 장담할 수 있다. 그 누구도 이민혁을 막을 수 없다' 라며 이민혁을 향한 신뢰 드러내.」

이민혁의 활약은 리그에서도 이어졌다.

지난 시즌만큼이나 압도적 숫자의 골과 어시스트를 기록하며, 팀의 연승을 이끌었다.

리그에서의 승리를 이어 가던 도중 챔피언스리그 4강 2차전이 펼쳐질 날이 다가왔다.

이 경기가 다가오자 리버풀의 팬들은 또다시 불안함을 드러냈다.

ㄴ이번엔 좀 더 불안하네. 지난 1차전에 우리 수비가 너무 안 좋았잖아?

ㄴ맞아. 나도 불안해. 레알 마드리드의 공격진이 강하긴 하지만, 그래도 4골이나 허용할 줄은 몰랐어.

ㄴ사실상 이민혁이 다 했지. 6골을 넣었잖아?

ㄴ레알 마드리드가 확실히 강하더라. 이번 시즌에 리버풀을 그렇게까지 힘들게 했던 팀은 없었잖아?

ㄴ까딱하면 질 것 같아. 리버풀의 수비는 역겨운 수준이거든.

ㄴ크리스티아누 호날두랑 카림 벤제마가 리버풀의 수비를 부숴 버릴 거야.

ㄴ설마 2차전에서 대량 실점하고 챔피언스리그 결승에 못 가는 거 아니겠지?

리버풀의 팬들이 느끼는 불안한 감정.

이 감정은 경기가 진행되는 동안에도 팬들을 괴롭혔다.

2차전에서의 레알 마드리드는 1차전보다 준비를 더 잘해 왔고, 리버풀의 수비는 1차전보다 더 불안한 모습을 보였으니까.

—고오오오오오올! 카림 벤제마입니다! 아~! 크리스티아누 호날두가 욕심을 부리지 않고 잘 내줬네요! 완벽한 패스였습니다!

—이제 2 대 2 동점이 됩니다! 레알 마드리드와 리버풀이 좋은 공격을 주고받고 있습니다!

—리버풀의 수비진은 좀 더 집중해야 할 것 같은데요? 골을 넣고 좋아진 분위기를 지키질 못하고 있거든요? 이러면 벌써 2골이

나 넣어 준 이민혁의 힘이 빠질 수 있기에, 좀 더 분발해야 합니다!

레알 마드리드의 공격진은 리버풀을 계속해서 흔들었다.
리버풀의 수비수들은 최선을 다해서 수비했지만, 크리스티아누 호날두와 카림 벤제마, 이스코를 막아 내지 못했다.
엎친 데 덮친 격으로 리버풀의 중앙수비수 데얀 로브렌이 레드카드를 받고 퇴장을 당했다.

―아… 데얀 로브렌이 퇴장당합니다! 이러면 분위기가 이상해지는데요? 설마 레알 마드리드가 결승에 진출하게 되나요?
―크리스티아누 호날두가 페널티킥을 준비합니다!

크리스티아누 호날두.
이민혁이 나타나기 전까지 리오넬 메시와 함께 세계 최고의 선수라고 불렸던 그는, 오늘 최고의 컨디션을 보여 줬다.

―들어갔습니다! 페널티킥을 성공시킵니다! 스코어는 이제 3 대 2가 됩니다!
―1차전처럼 치열하긴 하지만, 2차전은 리버풀이 선수 하나가 적거든요? 과연 경기가 어떤 식으로 흘러갈지 궁금해집니다!

한 명이 적은 리버풀은 레알 마드리드와의 2차전이 진행되는 시간 내내 휘둘렸다.

유일하게 휘둘리지 않는 시간은 이민혁이 공을 잡았을 때뿐이었다.

이에 리버풀의 위르겐 클롭 감독은 어쩔 수 없는 판단을 내렸다.

─리버풀이 피르미누를 불러들이고 제임스 밀너를 투입하네요! 많이 뛰어 주고, 수비 가담도 잘해 주는 밀너를 넣으며 조금 더 수비적인 운영을 하겠다는 거겠죠?

─맞습니다. 지금 리버풀의 움직임을 보시면, 사실상 수비만 하고 있습니다. 한 명이 부족한 상황에 레알 마드리드 공격진의 컨디션도 좋기에, 이런 선택을 내릴 수밖에 없었을 겁니다.

거북이처럼 잔뜩 웅크려서 상대의 공격을 막아 내는 것.

10명이 뛰게 된 리버풀이 레알 마드리드를 상대로 할 수 있는 최선의 플레이였다.

─리버풀이 잘 버텨 내고 있습니다! 레알 마드리드가 계속해서 기회를 만들어 보려고 하고 있지만, 리버풀의 수비가 쉽게 뚫리지 않네요!

리버풀의 수비는 효과적이었다.

미드필더들이 전부 페널티박스 근처에서 지역방어를 펼치며 레알 마드리드의 공격을 막아 냈고.

심지어 이민혁까지 페널티박스 근처로 내려와서 수비에 적극적으로 가담했다.

1차전에서 꽤 큰 점수 차이로 졌기 때문에, 레알 마드리드가 결승전에 오르기 위해선 더 많은 골을 넣어야만 했다.

그래서일까?

─전반전이 종료됩니다! 리버풀에겐 매우 힘든 시간이었을 것 같습니다!

─하지만 결과는 괜찮았죠. 어찌 됐든 추가골을 내주진 않았으니까요. 리버풀이 9명으로 할 수 있는 최선의 플레이를 펼쳤습니다.

후반전이 시작되면서부터 레알 마드리드의 움직임이 마치 1차전처럼 급해지기 시작했다.

─아! 크리스티아누 호날두의 돌파가 막힙니다! 방금은 너무 성급한 돌파 시도였죠!

─이러면 리버풀의 역습이 시작되겠는데요?

해설들의 말 그대로였다.

리버풀의 역습이 시작됐다.

─조엘 마티프, 이민혁에게 공을 넘겨줍니다! 오?! 이민혁! 마르세유 턴으로 토니 크로스의 압박을 피해 냅니다! 이민혁, 속도를 냅니다! 엄청난 가속도입니다!

이민혁은 여러 무기를 지닌 선수지만, 그중 가장 유명한 무기 중 하나는 단연 스피드였다.

전 세계 모든 축구선수 중에서 가장 빠른 스피드를 지닌 선수였고.

심지어 드리블할 때도 스피드의 차이가 크지 않은 괴물이었다.

―이민혁을 잡을 수가 없습니다! 홀로 중앙선을 넘어 레알 마드리드의 진형으로 달려가고 있습니다!

이민혁은 압도적인 스피드와 수준 높은 드리블 기술을 이용해 레알 마드리드의 압박을 전부 벗어났다.

개중엔 반칙으로 끊으려는 움직임도 있었지만, 이민혁은 강력한 피지컬과 뛰어난 무게중심으로 전부 이겨 냈다.

―세르히오 라모스의 태클까지 피해 냅니다! 우오오오오! 이게 지금 무슨 일인가요? 도대체 무슨 일이 일어나고 있는 건가요?!

―위르겐 클롭 감독이 했던 말이 생각나네요! 그 누구도 이민혁을 막을 수 없습니다!

이민혁은 레알 마드리드의 페널티박스 안까지 들어가지도 않았다.

그럴 필요도 없다는 듯, 25m의 거리에서 강력한 슈팅을 때려 냈다.

[상대의 페널티박스 바깥에서 슈팅했습니다!]
['중거리 슈터' 스킬 효과가 발동됩니다!]
[슈팅의 정확도가 대폭 상승합니다.]

                    *   *   *

―우오오오오옷! 해트트릭입니다! 이민혁이 믿을 수 없는 골을
터뜨리며 스코어를 동점으로 만들어 냅니다!

―이 선수는 정말 압도적이네요~! 레알 마드리드를 상대로도
전혀 흔들림이 없는 침착한 드리블과 강력한 슈팅으로 기어코 해
트트릭을 기록하는군요!

―레알 마드리드는 더욱 급해질 수밖에 없습니다. 이러면 1차전
의 악몽이 다시 떠오를 것 같은데요?

―1차전에 좋은 경기를 펼치고도 이민혁에게 당해서 패배했던
레알 마드리드죠? 2차전엔 더욱 잘 준비해서 나온 것 같지만, 결국
이렇게 다시 이민혁에게 당하고 있습니다!

현재 스코어는 3 대 3.

한 명이 퇴장당해 10명이 뛰는 상황에서 개인 능력으로 골을
기록한 이민혁.

그는 열광하는 팬들 주변을 달리며 3개의 손가락을 들어 올
렸다.

―이민혁이 세리머니를 하고 있습니다.

해트트릭을 기록한 것에 대한 세리머니였다.

[퀘스트를 완료하셨습니다!]
[퀘스트 내용: 레알 마드리드를 상대로 해트트릭을 기록하세요.]
[보상으로 경험치가 10% 증가합니다.]

[퀘스트를 완료하셨⋯⋯]
⋯⋯.

경험치가 올랐다는 메시지들을 보던 이민혁이 시선을 돌렸다.
그의 시선이 향한 곳은 레알 마드리드 선수단이 있는 쪽.
저들은 상당히 급해 보였다.
몇 명은 주심에게 경기를 빨리 시작해 달라고 어필하고 있었고.
크리스티아누 호날두는 공을 팔에 끼고 중앙선을 향해 달렸다. 최대한 빠르게 경기를 재개하고자 하는 행동들이었다.
"시간은 줄어드는데 골은 많이 넣어야 하니, 불안하겠지."
이민혁이 옅게 웃었다.
비록 10명이 뛰는 상태이긴 했지만, 저런 상태의 레알 마드리드라면 이번 경기도 충분히 이길 수 있다는 생각이 들었다.
"1차전에서 점수 많이 벌려 놨다고 2차전에서 질 생각은 없어. 이겨야지. 그래야 경험치를 많이 받지."

가뜩이나 높은 레벨로 인해서 경험치를 적게 받는 상태였다.

방금도 챔피언스리그 4강에서 레알 마드리드를 상대로 해트트릭을 기록했는데, 많지 않은 경험치를 얻지 않았던가.

더 많은 경험치를 얻기 위해서라면 더 많은 공격포인트가 필요한 상황이었고.

이민혁은 더 많은 공격포인트를 기록할 생각이었다.

삐이이이익!

레알 마드리드가 바라던 대로 경기가 재개됐다.

현재 양 팀의 스코어는 3 대 3으로 동점이었지만, 양 팀이 경기를 운영하는 방법은 완전히 달랐다.

─레알 마드리드가 빠르게 패스를 주고받으며 기회를 만들려고 하고 있습니다!

─크리스티아누 호날두, 슈티이이잉! 아! 골대를 벗어납니다! 방금은 사이드로 빠져 있던 벤제마에게 공을 주는 게 더 나아 보였는데요!

레알 마드리드는 필사적으로 골을 노렸고.

─이민혁이 걷어 냅니다! 아주 좋은 수비가담이었죠?!

―그렇습니다! 이민혁 선수는 정말… 어떻게 저렇게나 많이 뛸
수가 있을까요? 조금의 과장도 없이 경기장 전체를 뛰어다니는 것
같습니다!

리버풀은 방어에 집중했다.

*　　　　*　　　　*

레알 마드리드는 최선을 다해서 공격을 퍼부었다.

하지만, 급해진 레알 마드리드의 공격을 리버풀은 잘 방어해
냈다.

10명으로 한 명이 부족한 리버풀이었지만, 미드필더들과 공격
수들마저 수비에 가담했기에 가능한 일이었다.

게다가 리버풀은 수비만 한 게 아니었다.

기회가 왔을 땐 아껴 둔 힘을 폭발시키며 역습을 전개했다.

물론 그 중심엔 이민혁이 있었다.

―이민혁이 두 명을 제쳐 냅니다! 직접 파고드나요?! 아! 패스입
니다! 이민혁의 패스가 정확하게 날아갑니다! 애덤 럴라나입니다!
애덤 럴라나가 좋은 트래핑으로 공을 잡아 뒀습니다! 바로 때리나
요? 오오! 한 번 접습니다! 슈웃! 고오오오오오올! 들어갔습니다!
리버풀이 역전골을 터뜨렸습니다!

―두 명을 제치고 뿌려 낸 이민혁의 패스도 완벽했고, 침착하게
수비수 하나를 제쳐 내고 슈팅을 시도한 애덤 럴라나의 플레이도

환상적이었습니다! 역시 기술이 좋은 선수답네요!

레알 마드리드 선수들의 얼굴이 딱딱하게 굳었다.

후반전이 진행되는 상황이었고, 많은 골을 넣었어야 하는 상황에 오히려 골을 허용했다.

좌절해도 이상하지 않은 상황이었다.

챔피언스리그 결승전이 멀어져 가는 지금.

레알 마드리드 선수들의 눈빛에 독기가 차올랐다.

'이민혁 저 자식 때문에 모든 게 망했어!'

'괴물 같은 놈을 진작에 부숴 놨어야 했는데… 아니야, 아직도 늦지 않았어. 결승엔 오르지 못하겠지만… 이민혁 저 자식만큼은 내가 절대 가만히 안 놔둘 거야.'

'우리의 앞길을 방해한 것에 대한 대가는 치러야지.'

'감히 우리를 방해해? 짜증 나는 놈이……!'

독기는 이민혁을 향한 원망으로 변해 있었다.

레알 마드리드의 플레이는 전반전보다 훨씬 더 거칠어졌다.

카드를 두려워하지 않는 듯한 거친 플레이로 리버풀을 상대했다.

―이민혁이 공을 받습니다. 몸을 돌리… 어어?! 이민혁이 쓰러집니다! 이건 반칙이죠! 루카스 바스케스가 너무 거친 반칙을 했습니다!

―주심이 루카스 바스케스에게 옐로카드를 내밉니다! 루카스 바스케스 선수는 후반전에 교체로 들어온 선수인데 벌써 카드를

받게 되네요.

　—레알 마드리드가 페어플레이를 할 필요가 있어 보입니다! 지금은 너무 거칠게 플레이하고 있어요! 아찔한 장면이 계속해서 나오고 있기도 하고요!

　이민혁이 바닥에 쓰러진 채, 정강이를 만졌다.

　정강이를 걷어차였기에 심한 고통이 느껴졌다.

　"아오! 제대로 걷어차였네."

　짜증이 났지만, 이민혁은 다시 몸을 일으켰다.

　이렇게 거친 반칙에 견제당하는 건 리그에서도 꾸준히 당해 오던 것이었다.

　익숙해졌기에 감정을 다스리는 게 어렵지 않았다.

　물론 보복은 해 줄 생각이었다.

　당했을 땐 보복을 해 줘야만 하는 것이 이민혁의 성격이었으니까.

　이민혁이 주로 하는 보복의 방법은.

　"거리랑 각도는 괜찮고… 더러운 반칙에 당했으면, 한 방 먹여 드려야지."

　골을 넣어 주는 것이었다.

　삐이이익!

　주심의 신호를 들은 이민혁이 공을 향해 뛰어들었다.

　계산은 이미 끝났고, 그가 할 건 원하는 곳으로 정확하고 강력한 슛을 꽂아 넣는 것뿐이었다.

[상대의 페널티박스 바깥에서 슈팅했습니다!]
['중거리 슈터' 스킬 효과가 발동됩니다!]
[슈팅의 정확도가 대폭 상승합니다.]

[20% 확률로 '예리한 슈팅' 스킬 효과가 발동됩니다!]
[슈팅의 정확도가 대폭 상승합니다.]

29m에서 시도한 이민혁의 프리킥.

쒜에에엑!

굉장히 빠른 속도로 쏘아진 공이 레알 마드리드의 골대 구석
으로 파고들었다.

완벽에 가까운 프리킥이었고, 레알 마드리드의 나바스 골키퍼
의 손은 공에 닿지 않았다.

─들어갔습니다! 아름답습니다! 이민혁이 아름다운 프리킥으로
추가골을 터뜨렸습니다!

─우와아아아아아! 감탄만 나오는 프리킥입니다! 그 누가 이민
혁처럼 찰 수 있을까요?! 축구황제는 프리킥도 세계 최고네요!

─거친 반칙을 하는 상대에게 골로 갚아 주는 이민혁! 다른 선
수들이 보고 배워야 하는 모습이죠!

이민혁에게 프리킥으로 골을 허용한 이후에도 레알 마드리드

는 계속해서 거칠게 나왔다.

　그 결과.

　―마르코 아센시오, 퇴장입니다! 방금 태클은 카드를 받는 게 맞죠! 페어플레이에 어긋나는 거친 반칙이었습니다!

　―마르코 아센시오가 억울하다는 듯이 얘기하고 있지만, 주심은 받아들이지 않습니다. 자, 느린 화면으로 보실까요? 이민혁 선수가 드리블할 때… 아! 뒤꿈치를 밟았네요!

　11명이 뛰던 레알 마드리드는 이제 9명이 되었다.

　2명이 퇴장당한 레알 마드리드는 공격에서도 약해진 모습을 보였고.

　수비에서도 약한 모습을 보이며 리버풀에게 추가골을 허용했다.

　―오리기입니다! 이민혁의 크로스를 머리로 받아 넣었습니다! 이민혁은 또다시 어시스트를 기록합니다!

＊　　　　　＊　　　　　＊

　「리버풀, 챔피언스리그 결승 진출!」

　「리버풀, 챔피언스리그 4강 2차전에서 레알 마드리드에 6 대 3 승리 거두며 결승 진출!」

　「4골 2어시스트 기록한 이민혁, 2차전에서도 압도적인 경기력으로 레알 마드리드 무너뜨려!」

　리버풀은 이민혁의 활약에 힘입어 챔피언스리그 결승전에 올랐다.

　세계 최강의 팀들이 경쟁하는 챔피언스리그.

　그곳에서 결승전에 오르는 것.

　과거의 리버풀에겐 매우 어려운 일이었다.

　이민혁이 오기 전까지만 해도 비현실적인 일에 가까웠던 일이었기에.

　리버풀의 팬들은 지금 일어난 일에 크게 감동했다.

　ㄴ챔피언스리그 결승이라니… 진짜 결승에 올라갔잖아?!

　ㄴ리버풀이 챔피언스리그 결승……! 이건 다 위르겐 클롭 감독과 이민혁 덕분이야! 이들이 기적을 만들었어.

　ㄴ설마 레알 마드리드를 상대로 이렇게나 잘할 줄이야… 너무 감동적인 경기였어.

　ㄴ이대로 우승까지 가자! 챔피언스리그 우승트로피 한번 들어보자!

　ㄴ이민혁이 리버풀을 챔피언스리그 우승으로 이끌고 있어! 이 녀석은… 평생 리버풀에게 고마운 선수로 기억될 거야.

　ㄴ리버풀 명예의 전당에 오르겠지. 나에겐 여전히 스티븐 제라드가 역대 최고의 남자지만, 이제 이민혁도 그와 비슷하게 좋아졌어.

　ㄴ이민혁은 믿을 수 없을 정도로 대단해!

리버풀의 팬들 외에도 해외 축구 팬들의 반응 역시 뜨거웠다. 모두 이민혁의 실력에 감탄했고, 놀라움을 드러내고 있었다.

반면, 일본의 반응은 조금 달랐다.

ㄴ또 이민혁이냐? 이 녀석의 골 소식은 왜 매번 들리는 거냐고!

ㄴ솔직히 부럽다. 하지만 이민혁 이 자식, 분명 인생은 즐겁지 않을 거야. 집과 훈련장만 오가는 모범생이 재밌을 리가 없잖아?

ㄴ이 녀석만 나오면 상대가 힘을 못 쓰는구나… 심지어 이번엔 레알 마드리드였는데…….

ㄴ이게 말이 되나? 리버풀의 경기력은 형편없는 수준이었는데, 이민혁 혼자의 힘으로 결과가 바뀌었어.

ㄴ일본에서는 왜 이민혁 같은 선수가 안 나오는 거냐고!

ㄴ일본엔 구보가 있잖아? 구보가 무럭무럭 성장해서 몇 년 뒤엔 이민혁을 뛰어넘는 선수가 될 거야.

ㄴ그래도 구보는 좀 아니지…….

ㄴ한국은 다음 국제 대회에서도 좋은 성적을 내겠네. 저런 이민혁을 보유하고 있으니까.

ㄴ아무나 이민혁에게 일본으로 귀화할 생각 없냐고 질문해 줘.

다른 나라의 축구 팬들과는 다르게 일본의 축구 팬들은 부럽다는 반응을 보였다. 또한, 한국을 질투했다.

같은 시각, 중국의 반응도 특별했다.

ㄴ한국의 왕이 세계의 왕이 되어 버렸구나.
ㄴ이민혁의 먼 조상은 중국인일걸? 그렇기에 이민혁의 뿌리는 중국이야.
ㄴ맞아. 어차피 저 녀석의 뿌리는 중국일 테니까 이민혁을 중국으로 데려와야 해.
ㄴ이민혁이 중국에서 뛰면 중국도 월드컵에서 우승할 수 있겠지? 흐흐! 상상만으로도 좋구나!
ㄴ한국인들은 싫지만, 이민혁은 유일하게 마음에 드는군. 이봐, 너라면 특별하게 중국 귀화를 받아 주마!
ㄴ이왕이면 손훈민도 같이 와라. 두 녀석 다 환영한다.

중국의 축구 팬들.
이들은 커다란 착각을 하며 헛된 꿈을 꾸고 있었다.
당연하게도 당사자인 이민혁은 일본과 중국의 반응에 전혀 신경 쓰지 않고 있었다.
조금의 관심도 없었다.
현재 이민혁의 관심을 끌 수 있는 것은 오로지 눈앞에 떠오른 메시지들뿐이었다.

[퀘스트를 완료하셨습니다!]
[퀘스트 내용: 챔피언스리그 결승에 진출하세요.]
[보상으로 경험치가 50% 증가합니다.]

[퀘스트를 완료하셨……]

…….

[레벨이 올랐습니다!]

*　　　　*　　　　*

"드디어 오르네!"

레벨이 올라 스탯 포인트를 얻을 때마다 매번 기분이 좋아졌다.

지금도 이민혁은 미소를 띠며 스탯 포인트를 사용했다.

[스탯 포인트 2를 사용하셨습니다.]

[민첩 능력치가 2 상승합니다.]

[현재 민첩 능력치는 114입니다.]

힘든 경기를 치렀지만, 리버풀은 떨어진 체력을 최대한 회복하고 리그에서도 좋은 모습을 보였다.

「리버풀, 2016/17시즌 프리미어리그 우승! 리버풀 선수들, 감격한 얼굴로 우승컵 들어 올려.」

「압도적인 승점으로 리그 우승 거둔 리버풀, 챔피언스리그에서도 우승할까?」

프리미어리그에서 우승한 지금.

이민혁은 눈앞에 떠오른 메시지들을 바라봤다.

그리고.

이내 얻게 된 스탯 포인트와 능력치들을 번갈아 바라보며 중얼거렸다.

"어떤 걸 올려야 챔피언스리그 결승전에서 효율적일까?"

Chapter. 4

프리미어리그에서의 두 번째 우승.

그것에 대한 보상은 확실했다.

워낙 필요한 경험치가 많아서 레벨이 잘 오르지 않는 상황이었지만, 지금만큼은 달랐다.

[퀘스트를 완료하셨습니다!]

[퀘스트 내용: 프리미어리그에서 우승하세요.]

[보상으로 경험치가 50% 증가합니다.]

[퀘스트를 완료하셨습니다!]

[퀘스트 내용: 프리미어리그에서 두 시즌 연속 우승하세요.]

[보상으로 경험치가 100% 증가합니다.]

[퀘스트를 완료하셨……]

…….

[레벨이 올랐습니다!]

[레벨이 올랐습니다!]

2개의 레벨업.

레벨업 속도가 느리던 최근 상황을 고려하면 대단한 결과였다.

게다가 이민혁은 보상이 이걸로 끝이 아니라는 걸 알고 있었다.

[퀘스트를 완료하셨습니다!]

[퀘스트 내용: 프리미어리그에서 득점왕에 오르세요.]

[보상으로 경험치가 50% 증가합니다.]

[퀘스트를 완료하셨습니다!]

[퀘스트 내용: 프리미어리그에서 두 시즌 연속 득점왕에 오르세요.]

[보상으로 경험치가 50% 증가합니다.]

[퀘스트를 완료하셨습니다!]

…….

…….

[레벨이 올랐습니다!]
[레벨이 올랐습니다!]
[레벨이 올랐습니다!]

득점왕, 도움왕, 많은 골을 넣은 기록을 세운 것과 관련된 경험치가 지급됐고.

결과적으로 총 5개의 레벨이 올랐다.

"스탯 포인트를 10개나 얻었네. 이 정도면 충분히… 어?"

웃으며 허공을 바라보던 이민혁이 말을 멈췄다.

이윽고 그의 눈이 커지기 시작했다.

"떴다!"

평소 이민혁은 잘 놀라지 않는 편이었지만, 지금은 어쩔 수 없었다.

아주 오랜만에 보는 메시지를 봤기 때문이었다.

[레벨 300을 달성하셨습니다!]
[스킬이 지급됩니다.]
['수비 재능'을 습득하셨습니다.]

수비 재능.

단순해 보이는 이름이었지만, 이 스킬의 정보를 확인한 이민혁은 깜짝 놀랄 수밖에 없었다.

[수비 재능]
효과: 수비 실력이 빠르게 좋아집니다. *수비 스탯이 생성됩니다.
*앞으로는 스탯 포인트를 이용해 수비 스탯을 높일 수 있습니다.

"뭐? 수비 능력치를 올릴 수 있다고?"

수비 실력이 좋아지는 것까지는 예상 범위 안에 있던 것이지만, 수비 능력이 생성된다는 것과 앞으로 수비 스탯을 올릴 수 있다는 내용은 조금도 예상하지 못했던 것이었다.

이민혁은 바로 상태 창을 띄워 새로 얻은 스탯을 확인했다.

[이민혁]
레벨: 301
나이: 23세(만 21세)
키: 183㎝
몸무게: 78㎏
주발: 양발
[체력 110], [슈팅 136], [태클 100], [민첩 114]
[패스 100]. [탈압박 125], [드리블 137], [몸싸움 127]
[헤딩 115], [속도 140], [수비 40]
스킬: [예리한 슈팅], [예리한 패스]…….
스탯 포인트: 10

"진짜 생겼네."

이민혁의 시선이 원래는 없었던 '수비' 능력으로 향했다.

"윽… 능력치 40은 너무 짜게 준 거 아닌가?"

놀란 것도 잠시, 자신에 대한 평가가 너무 박하다는 생각을 하며 이민혁은 수비 능력치에 스탯 포인트를 사용했다.

[스탯 포인트 10을 사용하셨습니다.]

[수비 능력치가 10 상승합니다.]

[현재 수비 능력치는 50입니다.]

"그래도 요즘엔 수비가 많이 늘었다고 생각했는데……."

*　　　*　　　*

이민혁의 태클 실력은 뛰어난 수준이었다.

태클 실력만 보면 EPL에서 뛰는 수비수들과 비교해도 전혀 밀리지 않았다.

당연한 일이었다.

현재 이민혁의 태클 능력치는 100이었고, 연습도 꾸준히 해 왔으니까.

하지만 수비 실력이 좋다고 말하긴 힘들었다.

냉정하게 말하면 태클만 좋고, 수비에 관련된 다른 능력들은 수준이 떨어지는 편이었다.

그래도 충분했다.

공격수와 윙어로 뛰는 이민혁이었기에, 태클 실력이 뛰어난 것만으로도 상대에게 큰 부담을 줬으니까.

게다가 위르겐 클롭 감독은 이민혁에게 뛰어난 수비 실력을 바라지 않았다.

그는 이민혁이 말도 안 되는 돌파 성공률과 득점력을 보여 주는 것만으로도 만족감을 드러내고 있었다.

"이제 수비 능력치도 올릴 수 있게 됐네."

현재 이민혁은 환하게 웃고 있었다.

수비 능력치를 올릴 수 있게 된 것.

그로 인해서 더 발전할 수 있게 되었다는 것은 기쁜 일이었다.

"수비 능력치 50이면… 좀 아쉽지만, 그래도 챔피언스리그 결승전에서 도움이 될 수도 있겠어."

상태 창에 수비 능력이 생기고 수비 능력치 50이 된 이후, 이민혁의 수비 실력은 눈에 띄게 개선됐다.

"응? 뭐지? 민혁, 수비할 때 움직임이 뭔가 날카로워진 것 같은데?"

"쟤 뭐야? 뭔가 조금 나아졌는데? 매번 남아서 수비 훈련도 하더니 진짜 실력이 늘었잖아?"

"아직도 수비 자체는 별로야. 근데 확실한 건 전보다 좋아졌다는 거야."

리버풀의 동료들은 이민혁의 수비 실력이 좋아졌다는 걸 알아챘다.

그러나 이들 모두 놀라진 않았다.

"이민혁이면 뭐… 그럴 수 있지. 저 녀석은 천재에다가 매일 미친놈처럼 훈련하잖아?"

"놀라운 모습을 하도 많이 보여 줘서 이 정도로는 놀랍지도 않네."

"수비 실력이 저렇게 좋아지는 경우는 매우 드물지만, 이민혁이라면 그럴 수 있지."

리그가 끝났고, 그곳에서 우승컵을 들어 올렸지만.

리버풀의 훈련장은 조용한 날이 없었다.

챔피언스리그 결승전이 코앞까지 다가오고 있었기 때문이었다.

「리버풀 vs 유벤투스! 챔피언스리그 결승에서 맞붙는다.」

「창과 방패의 대결, 그 승자는?」

「유벤투스, 축구황제 이민혁을 막을 수 있을까?」

리버풀과 유벤투스.

이 두 팀 모두 최근 가장 좋은 모습을 보여 주고 있는 팀들이다.

때문에, 이 두 팀이 맞붙는다는 사실에 전 세계 축구 팬들의 기대감은 높아질 수밖에 없었다.

└리버풀이 유벤투스의 수비를 뚫을 수 있을까? 이번 시즌 유벤투스가 보여 준 수비력은 미친 수준이던데.

└이민혁이 있잖아. 상대가 누구든 결국 이민혁에겐 안 돼.

└다들 믿어져? 챔피언스리그에서 리버풀이 우승하면 이민혁

은 챔피언스리그 우승 3회 커리어를 쌓게 되는 거라고! 그것도 겨우 21세의 나이에!

ㄴ이민혁은 축구의 신이야. 리오넬 메시와 크리스티아누 호날두를 뛰어넘은 것만으로도 그가 얼마나 대단한 남자인지 알 수 있지.

ㄴ이제 축구를 좋아하는 사람 중에 이민혁의 이름을 모르는 사람이 있을까? 이 녀석은 최고의 선수답게 유벤투스를 무너뜨리고 리버풀에게 빅이어를 선물할 거야.

ㄴ만약에 유벤투스가 이기면? 유벤투스라면 이민혁의 공격을 막을 수 있을 것 같은데?

ㄴ그러면 대박이지. 지금까지 아무도 이민혁을 못 막았잖아?

이처럼 큰 기대를 받는 리버풀과 유벤투스의 선수들이 경기장에 모습을 드러냈다.

─선수들이 경기장에 입장하고 있습니다! 2016/17시즌 챔피언스리그 결승전이 드디어 시작되려고 하고 있습니다!

─벌써 긴장감이 흐르는데요? 이 경기는 축구 팬들에게 창과 방패의 대결로도 커다란 관심을 받고 있죠?

─맞습니다. 리버풀은 지난 시즌과 이번 시즌 모두 압도적인 화력을 보여 준 팀이고, 유벤투스는 압도적인 수비력으로 어지간해선 실점을 하지 않는 모습을 보여 주는 팀이기 때문이죠! 특히 레오나르도 보누치와 조르조 키엘리니, 그리고 잔루이지 부폰이 선발로 출전한 날에는 더욱 단단한 모습을 보여 주는데, 오늘이 바로

그날이네요!

"기세가 장난이 아니네."

이민혁이 혀를 내둘렀다.

유벤투스 선수들이 뿜어내는 기세가 대단했기 때문이었다.

과연 최강의 수비력을 가졌다는 팀다운 기세였다.

"과연 얼마나 단단해졌을까?"

이민혁의 눈이 빛났다.

과거, 유벤투스를 상대했었던 기억이 떠올랐기 때문이었다.

"그땐 조금 실망스러웠었는데, 오늘은 달랐으면 좋겠다."

바이에른 뮌헨 시절, 그때도 챔피언스리그 결승전에서 유벤투스와 만났었다.

결과는 6 대 1로 바이에른 뮌헨의 승리였다.

그 당시에도 수비가 강한 유벤투스였지만, 이민혁은 3골 2어시스트를 기록하며 팀의 승리를 이끌었다.

"나는 그때보다 실력이 많이 늘었는데, 저쪽은 어떨지 궁금하네."

상대의 실력을 기대하며, 이민혁은 제자리에서 점프하며 잔디를 밟았다.

늘 해 오던 의식이었고, 몸은 너무나도 가벼웠다.

삐이이익!

경기 시작을 알리는 휘슬 소리.

그 소리를 들으며, 이민혁이 유벤투스의 진영으로 튀어 나갔다.

―이민혁이 곧바로 압박을 펼칩니다! 이민혁의 전매특허와 같은 움직임이죠!

―맞습니다! 경기 시작과 동시에 압박을 펼치는 이민혁의 플레이는 좋은 결과를 가져올 때가 많습니다. 뛰어난 태클 실력으로 높은 확률로 공을 뺏어 내기 때문이죠!

이민혁과 다니엘 스터리지가 펼치는 압박.

유벤투스는 침착했다.

압박을 받는 상황에서도 뒤로 공을 돌리며 압박을 벗어났다. 하지만 압박은 이민혁과 스터리지만 하는 게 아니었다.

위르겐 클롭 감독이 이끄는 리버풀은 모든 선수가 많이 뛰며 유벤투스를 강하게 압박했다.

―리버풀의 압박이 상당한데요? 유벤투스가 빌드업을 하지 못하고 있습니다. 공격을 하려면 공간을 뚫고 나와야 하는데, 지금은 공을 뒤로 돌리기 급급하네요!

유벤투스의 공격은 원활하게 연계되지 못했다.

그만큼 리버풀의 압박은 강했고, 유벤투스의 공격은 다소 아쉬움이 드러났다.

—패스가 끊깁니다! 방금은 패스가 너무 약했죠! 이제 공은 리버풀의 소유가 됩니다! 엠레 찬이 바이날둠에게 연결합니다. 바이날둠, 공을 몰고 전진합니다!

하지만 유벤투스의 수비는 명성만큼이나 강했다.

—바이날둠! 스터리지에게 공을 연결합니다! 빠른 패스네요! 리버풀의 공격 템포가 굉장히 빠릅니다! 스터리지, 돌파하나요? 아~! 좋은 시도였지만, 키엘리니의 수비에 막힙니다!
—역시 유벤투스의 수비는 단단합니다!

다니엘 스터리지가 자신감 있게 시도한 드리블을 유벤투스의 수비수 키엘리니가 너무나도 쉽게 막아 내 버렸다.
과연 단단한 수비로 유명한 팀다웠다.
그런데.
리버풀 선수들은 조금도 당황하지 않고 있었다.
지금 이 순간, 이들은 같은 생각을 하고 있었다.
'다니엘 스터리지의 돌파가 안 먹히네? 과연 키엘리니다워. 근데 어차피 이민혁은 못 막을걸?'
'유벤투스답게 수비가 좋네. 역시 소문대로야. 이민혁이 없었더라면 힘든 상대였겠어.'
'키엘리니… 대단한 수비수지. 하지만 우리한텐 이민혁이 있어.'
'유벤투스의 수비수들이 대단하긴 해. 그러나 인간이 어떻게

괴물을 이기겠어? 이민혁은 괴물이라고.'

이민혁이 있기에 저 단단한 유벤투스의 수비도 무너질 것이라고.

괴물 같은 이민혁과 함께라면 유벤투스에게 승리할 것이라고.

─이민혁이 내려와서 공을 받아 주고 있습니다! 이민혁 선수가 내려와서 연계를 도와주니까 확실히 리버풀의 공격이 살아나네요!

─이민혁이 초반부터 엄청난 활동량을 보여 주네요! 윙어로 출전했으면서 중앙 미드필더의 역할까지 소화하고 있습니다!

이민혁의 움직임엔 여유가 드러났다.

공만 잡으면 유벤투스 선수들이 주변을 둘러쌌지만, 그래도 전혀 당황하지 않고 공을 지켜 냈다.

─이민혁! 우오오! 공을 뺏기질 않아요! 경이로운 볼키핑 능력입니다!

─아! 주심이 반칙을 선언하네요! 방금은 사미 케디라가 이민혁을 너무 대놓고 밀쳤죠!

바닥에 쓰러져 있던 이민혁이 유니폼에 묻은 잔디를 털어 내며 중얼거렸다.

"골대랑 거리가… 이 정도면 38m 정도 되겠네. 충분히 시도해 볼 만하겠어."

38m의 먼 거리.

보통은 직접 슈팅보단 간접적으로 골을 노리는 위치였지만.

이민혁은 그 거리에서 직접 슈팅을 준비했다.

더구나 그의 얼굴엔 강한 자신감이 드러났다.

이에 유벤투스 선수들은 대놓고 비웃음을 흘렸다.

"뭐야……? 저 거리에서 직접 때린다고?"

"어이가 없네. 아무리 프리킥에 자신이 있다고 해도 저건 무리지."

"웃기는 놈이군. 아주 거만한 놈이야. 그게 아니면 우리를 무시하는 건가?"

상대 선수들에게 비웃음을 받으며.

이민혁은 가만히 주심의 신호를 기다렸다.

마침내 전반 11분이 된 지금.

삐익!

주심이 프리킥을 차도 좋다는 신호를 줬다.

그 즉시.

─이민혁! 직접 때리나요? 오오! 때립니다!

이민혁이 발등으로 강하게 찬 공이 유벤투스의 골문을 향해 쏘아졌다.

*　　　　*　　　　*

먼 거리에서의 프리킥 상황이었지만, 이민혁은 자신감 있게 슈팅을 때렸다.

그리고.

슈팅을 때린 순간 확신했다.

'이건 들어간다.'

발등에 제대로 걸린 느낌이 들었고, 메시지까지 2개나 떠올랐으니까.

[상대의 페널티박스 바깥에서 슈팅했습니다!]
['중거리 슈터' 스킬 효과가 발동됩니다!]
[슈팅의 정확도가 대폭 상승합니다.]

[20% 확률로 '예리한 슈팅' 스킬 효과가 발동됩니다!]
[슈팅의 정확도가 대폭 상승합니다.]

자신의 실력에 강한 자신감이 있는 상태에서 스킬까지 도움을 준다?

골을 확신하지 않을 이유가 없었다.

─고오오오오올! 이민혁이 유벤투스를 상대로 선제골을 만들어냅니다!

─우와! 이게 이렇게 들어가나요?! 38m 정도의 먼 거리였는데 말이죠?! 이야아… 이민혁 선수의 발목 힘은 도대체 얼마나 강력한

걸까요?

분명 유벤투스의 수비는 단단했다.

선수들의 집중력도 뛰어나, 웬만한 팀은 한 골도 넣기 힘들 정도로 강력한 수비력을 보여 줬다.

하지만 이민혁을 막기엔 역부족이었다.

이민혁은 세계 최고의 수비수들을 상대해 본 경험과 그들을 이겨 본 경험이 쌓인 선수였다.

더구나 그때보다 실력이 더 좋아진 상태였으니, 유벤투스의 수비수들이 막기 힘든 건 당연한 일이었다.

─이민혁! 화려합니다! 화려한 드리블로 측면을 흔들고 있습니다!

이민혁은 프리킥 골을 넣은 이후에도 최전방과 양쪽 측면을 자유롭게 오가며 유벤투스의 수비를 무너뜨렸다.

[상대의 풀백을 제치고 크로스를 올렸습니다!]

['정교한 크로스' 스킬 효과가 발동됩니다!]

[크로스의 정확도가 대폭 상승합니다.]

─이민혁의 크로스! 유벤투스, 위험합니다! 오리기! 헤딩~! 들어갔습니다! 오리기가 두 번째 골의 주인공이 됩니다!

─이야~! 방금은 오리기의 헤딩도 좋았지만, 이민혁의 크로스

가 너무 좋았네요! 이민혁이 풀백을 제친 뒤에 시도한 크로스가 정확하게 오리기의 머리를 향해 날아갔습니다!

—게다가 스핀도 강하게 먹어서 골키퍼가 손을 쓸 수도 없었죠!

전반 16분, 유벤투스의 왼쪽 측면을 뚫어 낸 뒤에 시도한 크로스로 동료의 골을 도왔고.

[상대의 페널티박스 안에서 슈팅했습니다!]
['페널티박스 안의 피니셔' 스킬 효과가 발동됩니다!]
[슈팅의 정확도가 대폭 상승합니다.]

—고오오오오올! 또 들어갔습니다! 이민혁이 또다시 개인 능력으로 골을 만드네요!

—역시 명불허전입니다! 이민혁 선수가 측면에서 파고들며 슈팅하는 플레이는 아르연 로번의 그것보다도 더 위협적이라는 평을 받고 있죠!

—그렇습니다! 아르연 로번에게 배운 움직임이지만, 이젠 알고도 당할 수밖에 없는 이민혁의 강력한 무기가 됐습니다!

전반 24분엔 오른쪽 측면에서 직접 돌파한 뒤에 때린 슈팅으로 골을 만들어 냈다.

물론 유벤투스도 가만히 당하고만 있지는 않았다.

이들 역시 챔피언스리그 결승전에 오른 팀답게 날카로운 공격력을 보여 줬다.

―곤살로 이과인입니다! 아름다운 슈팅이네요! 곤살로 이과인이 파울로 디발라가 찔러 준 패스를 깔끔하게 골로 연결했습니다!

―유벤투스가 분위기를 바꿀 수 있을까요?!

＊   ＊   ＊

유벤투스는 필사적이었다.

3 대 1이었던 점수를 바꾸기 위해서 최선을 다해 뛰었다.

게다가 거칠었다.

레알 마드리드가 그랬던 것처럼 유벤투스 역시 거친 수비로 이민혁과 리버풀 선수들을 막아섰다.

삐이이익!

―반칙입니다! 위험한 태클이었어요! 이민혁이 고통스러운 얼굴로 쓰러져 있습니다!

거친 반칙을 이용한 수비는 효과적이었다.

분명히 이민혁의 전진을 멈추게 했다.

그러나.

―사미 케디라에게 레드카드가 주어지네요!

주심이 꺼내 드는 카드만큼은 막을 수가 없었다.

─유벤투스가 암울한 상황에 빠졌습니다! 사미 케디라 선수는 이미 옐로카드를 한 장 받은 상태였기에 좀 더 조심했어야 했는데 말이죠!

─아~! 사미 케디라는 유벤투스에서 아주 중요한 선수인데요……! 이러면 유벤투스는 챔피언스리그 우승에서 멀어질 수밖에 없습니다!

사미 케디라가 퇴장을 당한 이후.

유벤투스는 다시 거친 운영을 펼쳤다.

지저분하게 막지 않으면 이민혁을 막을 수 없다는 판단이 섰기 때문이었다.

문제는 이민혁이 다치지 않는다는 것이었다.

강하게 다리를 걷어차여도 결국엔 훌훌 털고 일어났다.

이에 유벤투스 선수들은 당황한 감정을 숨기지 못했다.

'저 자식은 몸이 강철로 만들어진 거야? 도대체 왜 멀쩡한 거야?!'

'이렇게까지 견제를 당하고도 멀쩡히 일어난다고……? 부상이 거의 없는 녀석이라더니… 실제로 보니까 믿을 수가 없는 수준이군.'

'미친! 조금 전엔 엄청 아팠을 텐데? 어떻게 괜찮은 거지?'

당황한 건 이들만이 아니었다.

경기를 지켜보는 팬들도 놀라움을 드러냈다.

"이민혁의 팬이지만… 이럴 때 보면 좀 무섭게 느껴져. 축구황제는 부상도 당하지 않는 건가? 몸이 다이아몬드로 만들어지기라도 한 거야?"

"다른 선수라면 몇 번이나 부상당했을 상황을 부상 없이 버텨 주다니… 이민혁은 너무 고마운 선수야."

"프리킥을 또 직접 차겠다고? 그렇게 다리를 걸어차어 놓고? 미친 거 아니야? 누가 이민혁 좀 말려 보라고!"

이처럼 많은 사람을 놀라게 한 상황에서 이민혁은 프리킥을 차기 위해 멈춰선 공을 놔두고 뒷걸음질을 쳤다.

그러자 경기장이 조용해졌다.

경기를 지켜보던 사람들 모두 본능적으로 이민혁의 몸짓에 집중하게 된 것이었다.

─경기장이 고요해졌습니다……! 경기장에 있는 모든 사람이 이민혁을 지켜보고 있습니다!

집중하지 않을 수가 없었다.

거의 모든 프리킥 상황에서 위협적인 슈팅을 만들어 내는 이민혁이었으니까.

─이민혁 공을 향해 달립니다… 때립니다! 우오?! 우와아아아! 들어갔습니다! 이민혁이 이번에도 프리킥으로 골을 집어넣었습니다!

─좋은 위치에서의 프리킥이라면 놓치질 않네요! 이민혁이 역대

급으로 정확한 프리킥 능력을 보여 주고 있습니다!

　—해트트릭입니다! 이민혁이 챔피언스리그 결승전에서도 해트트릭을 기록합니다!

　챔피언스리그에서의 해트트릭.

　이민혁은 손가락 세 개를 들어 올리며 팬들의 환호를 끌어냈다.

　[퀘스트를 완료하셨습니다!]

　[퀘스트 내용: UEFA 챔피언스리그 결승전에서 해트트릭을 기록하세요.]

　[보상으로 경험치가 20% 증가합니다.]

　[퀘스트를 완료하셨…….]

　…….

　제법 쏠쏠한 경험치를 주는 메시지를 바라보며, 이민혁은 더욱 승부욕을 끌어올렸다.

　"좋아, 역시 챔피언스리그 결승답게 다른 경기보단 훨씬 성장이 잘 되고 있어."

　이민혁은 더 많은 골과 어시스트에 욕심을 냈다.

　그 결과, 유벤투스는 후반전에도 끔찍한 시간을 보내야만 했다.

─리버풀의 역습입니다! 조던 헨더슨이 전방으로 롱패스를 뿌립니다! 이민혁, 받아내나요? 오오오! 받았습니다!

후반 7분, 역습 상황에서 동료 미드필더 조던 헨더슨이 뿌려 준 롱패스를 이민혁은 부드럽게 트래핑하며 슈팅까지 연결했다.

─고오오오오올! 이민혀어어억! 후반전에도 압도적인 클래스를 보여 줍니다!
─놀랍습니다! 세계 최고의 방패라고 불리던 유벤투스가 이렇게 무기력하게 무너지다니요!

이민혁의 활약은 후반 18분에도 이어졌다.

─이민혁 측면을 파고듭니다! 유벤투스의 풀백을 너무나도 쉽게 벗겨 냈습니다! 이민혁이라면 여기서 바로 슈팅으로 연결할 수 있죠! 오오?! 패스입니다! 피르미누! 피르미누의 골입니다!
─피르미누가 골을 기록하고, 이민혁은 어시스트를 추가합니다!

이변은 없었다.
이민혁은 풀타임을 소화하며 꾸준히 유벤투스를 괴롭혔고.
양 팀의 스코어는 시간이 지날수록 벌어졌다.
그 결과.

「2016/17 UEFA 챔피언스리그 우승팀은 리버풀! 결승전에서 유벤투스와 만나 8 대 2 대승 거둬!」

「이민혁, 5골 2어시스트 기록하며 축구황제다운 경기력 펼쳐!」

「유벤투스, 필사적이었지만 이민혁을 막을 수 없었다.」

「이민혁, 리버풀의 챔피언스리그 우승 이끌며 역사에 남을 만큼 커다란 함성 받아.」

리버풀은 챔피언스리그 우승컵을 들어 올리는 영광스러운 순간을 맞이했다.

이민혁은 평소와 같이 상대 선수들을 위로하는 시간을 보냈고, 이어서 경기장에 와 준 팬들에게 감사의 인사를 하는 시간을 보냈다.

반면, 리버풀 동료들은 흥분을 가라앉히지 못하고 있었다.

"우오오오! 우승이야! 우리가 우승했어! 이런 미친! 우승을 했다고오오!"

"이봐, 민혁! 거기서 뭐 해? 이리로 와! 같이 이 미친 순간을 즐기자고!"

"진짜 우승을 했어! 레알 마드리드와 유벤투스를 다 이기고 우리가 우승을……!"

"이게 챔피언스리그 우승을 한 기분이구나… 정말 완벽한 기분이야!"

심지어 리버풀의 위르겐 클롭 감독도 붉게 달아오른 얼굴로 경기장을 뛰어다니고 있었다.

"크핫핫핫! 우승이다! 우승이라고 이 자식들아! 너희들이 해낸 거야. 이 대단한 놈들아!"

위르겐 클롭 감독은 얼마나 흥분을 했는지, 리버풀 선수들의 뺨을 때려 가며 행복한 마음을 표현했다.

다소 거친 표현이었지만, 리버풀의 선수들은 아무렇지 않게 위르겐 클롭 감독을 끌어안았다.

"하하! 다들 되게 흥분했네. 어우~! 감독님은 또 왜 뺨을 저렇게 때리실까? 하여간 못 말린다니까……."

그 모습을 보며 이민혁은 웃음을 터뜨렸다.

그때였다.

"올 게 왔구나."

감독과 동료들을 바라보던 이민혁의 초점이 흐려졌다.

허공에 떠오른 메시지에 집중하기 시작했기 때문이었다.

[퀘스트를 완료하셨습니다!]

[퀘스트 내용: UEFA 챔피언스리그에서 우승하세요.]

[보상으로 경험치가 200% 증가합니다.]

[퀘스트를 완료하셨……]

…….

…….

[레벨이 올랐습니다!]

[레벨이 올랐습니다!]

[레벨이 올랐습니다!]

[스탯 포인트 6을 사용하셨습니다.]

[민첩 능력치가 6 상승합니다.]

[현재 민첩 능력치는 120입니다.]

*　　　　　*　　　　　*

리버풀의 프리미어리그 우승에 이은 챔피언스리그 우승 소식.

이 소식을 들은 전 세계 축구 팬들은 조금도 놀라지 않았다.

└별로 놀랍진 않네. 이민혁을 데리고 우승 못 하면 안 되지.

└2년 전의 리버풀이 우승했다면 이변이었겠지만, 지금은 그냥 별 느낌이 없어. 이민혁이 있는 리버풀은 완전히 다른 팀이니까.

└맞아. 이민혁이 최소 3인분 이상은 해 주니까 이길 수밖에 없지.

└근데 진짜 대단하네. 분데스리가에 이어서 프리미어리그까지 제패할 줄이야.

└챔피언스리그 결승전을 보면서 내가 유일하게 놀랐던 건 이민혁의 골들을 볼 때뿐이야. 리버풀의 우승은 뭐, 예정되어 있던 거 아닌가?

└그나저나 이민혁은 어디까지 성장하려는 걸까? 난 이 선수가 얼마나 더 잘해질지 상상도 안 돼.

└이민혁은 자기 관리도 미친 수준으로 하는 것으로 유명하니까 아마 40세에도 발전하고 있지 않을까?

└하하! 이민혁이라면 그럴 수도 있겠어.

그런데.

이런 전 세계 축구 팬들이 놀랄 만한 소문이 들려왔다.

「파리 생제르맹, 천문학적인 금액으로 이민혁 영입 노린다!」

「맨체스터 시티, 이민혁 영입하기 위해 3,000억 준비?」

「라리가의 왕들, 레알 마드리드와 바르셀로나 모두 이민혁 영입에 적극적으로 뛰어들어!」

「세리에 A…….」

…….

이민혁의 이적 관련 소문이었다.

＊　　　　　＊　　　　　＊

이민혁의 이적과 관련된 소문.

이 소문이 터진 순간 전 세계 축구 팬들이 반응하기 시작했다.

└헐! 이민혁이 이적한다고? 이거 팩트야? 또 어디서 찌라시 가져온 거 아니냐고?

└그래, 그래! 이적할 때 됐지! 솔직히 EPL에선 더 보여 줄 게 없잖아? 최강의 팀도 아니고 리버풀에서 리그 2회 우승이랑 유로파리그, 챔피언스리그 우승했으면 할 거 다 한 거지. 그리고 리버

풀에서 뛴 2시즌 동안 역사에 남을 정도로 많은 골과 어시스트를 기록했잖아?

ㄴ지난 시즌엔 프리미어리그에서만 94골 57어시스트 기록했고, 이번 시즌엔 100골 넘겼지?

ㄴ맞아. 이민혁 이 괴물은 이번 시즌에 101골 60어시스트를 기록했어. 얜 그냥 말도 안 되는 괴물이야.

ㄴ크흐흐! 101골이라니… 사람이 아니구나.

ㄴ과연 이 괴물이 어떤 팀으로 이적할까? 그리고 이 괴물의 몸값은 도대체 얼마일까?

ㄴPSG가 이민혁 이적료로 3,000억을 준비했다는데? 주급도 10억이 넘게 준다고 했고!

ㄴ미친! 3천억? 주급 10억? 말도 안 되는 금액이잖아? 나는 한 달 생활비가 700달러인데… 3천억은… 어우……!

ㄴ그럼 파리 생제르맹이 유력한 건가? 근데 맨체스터 시티도 돈 좀 있잖아? 얘들도 이민혁 영입을 원하는 걸로 알고 있는데, 얘들은 돈을 얼마나 준비했으려나?

ㄴ맨체스터 시티도 2,500억 정도를 준비했다던데? 근데 이민혁이 리버풀에서 맨체스터 시티로 이적을 할까? 난 아니라고 봐. 내가 아는 이민혁은 팬들을 버리고 같은 리그에 있는 팀으로 이적할 사람은 아니야.

ㄴ이번 여름 이적 시장은 아주 볼만하겠어.

물론 이민혁 말고도 여러 거물급 선수들의 이적 소식이 들려왔지만.

대부분의 관심은 이민혁에게로 쏠렸다.

같은 시각.

"아직 고민 중이신 거예요?"

"예, 결정하는 게 생각보다 어렵네요."

이민혁은 피터의 말에 대답하며 손에 쥔 종이들을 내려놨다.

"리그는 저번에 말씀하신 그대로 결정하시는 거죠?"

"예."

"흠… 다른 사람들이 들으면 많이 놀라겠네요."

"놀란다고요? 왜요?"

"전에도 그러셨지만, 가장 많은 돈을 준다는 팀들의 제안을 또다시 거절하시는 거니까요."

"아… 하하! 애초에 돈을 보고 움직였던 적은 없으니까요. 그리고 돈은 지금도 충분히 벌고 있기도 하고요."

"원래 사람의 욕심은 끝이 없는 법이거든요? 특히 돈에 대한 욕심은 더 강하게 마련이죠. 이건 돈을 엄청나게 많이 받는 일류 선수들에게도 통용되는 말이에요. 그런데 이민혁 선수를 보면 돈에 대한 욕심이 별로 크지 않은 것 같아요. 유일하게 욕심을 갖는 분야는 축구인 것 같고요."

"그런가요? 피터의 말을 들으니까 그런 것 같긴 하네요. 근데 축구선수가 축구에만 욕심 가지면 되지 않나요?"

"그렇죠. 근데 그게 쉬운 일이 아니라는 거죠. 다른 선수들은 돈을 더 받아 내기 위해서 재계약을 거부하고, 구단과 기 싸움을 하기도 하거든요. 또, 가장 실력이 올라온 전성기에 경쟁을 그만두고 돈을 많이 주는 중국이나 아랍으로 떠나기도 하고요.

하지만 이민혁 선수는 그렇지 않아요. 제가 봐 온 이민혁 선수는 항상 최고의 리그에서 축구에만 욕심을 갖고 경쟁하는 사람이죠."

"과거엔 축구를 잘하고 싶어도 잘 안 됐거든요. 축구를 잘하고 싶은 마음이 정말 간절했어요. 그래서인지 축구를 잘하고 싶었던 그때의 욕심이 지금까지도 이어져 오는 것 같네요."

"오로지 축구를 향한 끊임없는 그 욕심… 대단하십니다. 정말."

"어우… 민망하니까 그만 하세요."

"근데 정말 후회 안 하시겠어요? PSG나 맨체스터 시티 같은 팀이 돈을 많이 주는 건, 단순히 돈을 많이 주는 걸 넘어서 이민혁 선수의 가치를 그만큼 높게 평가한다는 뜻도 포함되어 있거든요."

"하지만 제 가치를 높게 평가해도 돈이 부족해서 많은 돈을 제시하지 못하는 팀도 있겠죠. 저는 그런 팀에 가고 싶어요. 그리고 가장 중요한 건… 전에도 말씀드렸듯이 리그에서 가장 강한 팀으로 가면 재미가 덜할 것 같아서요."

"최고의 팀에선 편하게 뛰는 것보단, 최고가 아닌 팀에서 최고의 팀을 이기는 게 더 낫다는… 그런 말씀이시죠?"

"그렇죠."

*　　　　*　　　　*

「이민혁, 라리가로 이적! 라리가 5개 구단이 이민혁 영입 노린다! 유력한 구단은 바르셀로나와 레알 마드리드!」

「드디어 입을 연 이민혁! 다음 행선지는 라리가로 결정! 하지만 팀은 아직 결정을 못 내렸다!」

「분데스리가와 프리미어리그 전부 제패한 이민혁, 이제 라리가를 제패하러 떠난다! 이적할 팀은 바르셀로나와 레알 마드리드가 유력!」

「레알 마드리드, 이민혁 영입하기 위해 2,500억에 주급 8억 제안?」

소문은 빨랐다.

다만, 정확하진 않았다.

이민혁의 이적이 유력한 팀으로 바르셀로나와 레알 마드리드가 뽑힌 걸 보면 말이다.

정확하지 않은 소문에 불과했지만, 레알 마드리드의 팬들과 바르셀로나의 팬들은 벌써 뜨거운 반응을 보였다.

ㄴ이민혁이 라리가로 오는 건 확정이고, 그럼 레알 마드리드겠네! 바르셀로나는 이민혁을 살 돈이 없잖아?

ㄴ바르셀로나가 돈이 왜 없어? 메시한테도 돈을 주는데, 이민혁도 데려올 수 있지! 그리고 돈이 부족하면 리버풀에게 리오넬 메시를 넘겨줘도 좋아. 메시에겐 미안하지만… 이민혁이 더 좋은 선수인 것 같으니까.

ㄴ심지어 리오넬 메시는 이제 나이도 꽤 많잖아. 반면에 이민혁은 아직도 21살이야. 이민혁을 데려오면 바르셀로나의 미래는 걱정할 필요가 없게 돼. 그러니까 2,500억이 아니라 3,000억을 써서라도 데려와야 해.

└어이, 이봐! 너희 왜 이민혁이 바르셀로나로 갈 거라고 얘기하는 거냐? 이민혁은 챔피언스리그에서 성적도 못 내는 바르셀로나가 아니라 레알 마드리드로 올 거라고!

└여기서 챔피언스리그 얘기가 왜 나오냐? 멍청한 놈아!

└바르셀로나가 최근에 챔피언스리그에서 성적 못 낸 건 사실이잖아?

└레알 마드리드가 데려와야 해. 이민혁에게 주급 10억을 줘버리자. 이민혁은 그 정도의 가치가 있는 선수야.

└하… 너무 떨린다. 이민혁을 데려오는 팀이 라리가 최강팀이 되는 거잖아?

└근데 가장 중요한 건 이민혁의 선택 아니야? 과연 이민혁이 어떤 선택을 할까?

이처럼 여러 소문이 우후죽순 생성되고 있는 가운데.

이민혁이 이적할 팀이 공식적으로 발표됐다.

「이민혁, 라리가의 아틀레티코 마드리드로 이적 확정!」

충격적인 소식이었다.

현재 축구황제라고 불리고, 발롱도르를 2회 연속 수상한 이민혁이 세계적인 팀인 레알 마드리드와 바르셀로나를 놔두고 아틀레티코 마드리드로 이적한다?

이 믿을 수 없는 상황에 전 세계 축구 팬들이 혼란에 빠졌다.

특히 한국 축구 팬들이 가장 뜨거운 반응을 보였다.

┗미친!!!!!!!!!!!!! 아틀레티코 마드리드라고?;;;;;;;;;;;; 왜?! 도대체 왜?!!

┗아ㅠㅠㅠ 민혁아 너는 레알 마드리드랑 찰떡이라고ㅠㅠㅠㅠ 흰 유니폼 입고 뛰는 거 보나 했는데ㅠㅜㅜ 웬 뜬금포냐구ㅠ,ㅠ

┗세계 최고의 선수가 되니까 판단력이 흐려졌나……? 아오! 감히 이민혁을 욕하진 못하겠고… 왜 하필 아틀레티코 마드리드냐……? 솔직히 리버풀보다 강하다고 할 수도 없는 팀이잖아?

┗전력으로 보면 리버풀보다는 강하지. 아, 물론 이민혁이 없을 때의 전력 말하는 것임.

┗다들 착각을 하는 것 같은데, 아틀레티코 마드리드도 강한 팀이야. 왜 무시하지? 라리가에서 레알 마드리드랑 바르셀로나 빼면 제일 강한 팀인데?

┗이민혁의 클래스에는 맞지 않은 팀이니까 그러지. 솔직히 아틀레티코 마드리드는 스페인 레전드 선수들이 전성기 꺾이고 들어가는 팀이라는 이미지가 있잖아? 또, 유망주들이 뛰는 팀이라는 이미지도 있고.

┗도대체 뭔 개소리냐? 아틀레티코 마드리드에도 세계적인 실력을 지닌 선수들 많아. 난 이민혁의 선택을 응원함. 다 이유가 있어서 선택했겠지. 그리고 아틀레티코 마드리드면 어때? 이민혁이 있으면 아틀레티코 마드리드가 라리가 최강팀이 될 걸?

┗근데 난 이민혁의 선택에도 놀랐지만, 아틀레티코 마드리드 이민혁의 이적료를 감당할 수 있다는 게 더 놀랍다ㅋㅋㅋㅋ

┗그니깐ㅋㅋㅋㅋ 아틀레티코 마드리드 부자였네? 주급은 얼마

나 줄까?

　└으ㅠㅠㅠㅠ 어차피 이민혁 나오는 경기는 다 볼 거지만, 그래도 아쉽다. 이민혁이 바르셀로나에서 뛰길 바랐었는뎅…….

　└이민혁이 바르셀로나 갔으면 티키타카도 겁나 잘했을 듯.

　└이민혁이 뭘 못하겠냐. 축구황젠데. 근데 아틀레티코 마드리드를 선택한 이유는 아직도 모르겠네.

　└이걸로 확실히 알았다. 이민혁은 최고의 팀에 가는 것엔 별로 흥미가 없는 것 같아. 그리고 돈도 안 밝히는 편이지. 근데 나도 이해는 안 돼ㅋㅋㅋㅋ

　└인정.

이처럼 축구 팬들은 궁금해했다.

이민혁이 최고의 팀들을 뒤로하고 아틀레티코 마드리드를 선택한 이유를.

그리고.

이민혁은 팬들의 궁금증을 조금이나 풀어 주기 위한 대답을 내놓았다.

「이민혁, '아틀레티코 마드리드는 저평가를 받고 있다고 생각한다. 아틀레티코 마드리드는 세계적인 팀이다. 물론 사람들이 얘기하는 것처럼 최고의 팀은 아닐 수도 있다. 그래서 더 좋다. 나는 아틀레티코 마드리드에서 최고의 팀들을 꺾고 우승할 생각이다. 그 과정은 매우 즐거울 것이라고 확신한다'라며 아틀레티코 마드리드로 이적한 이유 밝혀.」

최고의 팀이 아닌 곳에서 최고의 팀들을 꺾고 우승하는 것.

현재 리버풀을 제외하면 가장 강한 팀들이라는 레알 마드리드와 바르셀로나로 이적하지 않은 이유가 맞긴 했다.

다만, 이민혁에겐 누구에게도 말하지 않은 또 다른 이유가 있었다.

"바르셀로나랑 레알 마드리드를 잡아야 경험치를 많이 받을 거 아니야? 그렇게 좋은 기회를 버릴 순 없지."

강한 팀을 잡아서 레벨을 올리기 위함이라는 것.

그 사실은 이민혁 말고는 그 누구도 알지 못했다.

＊　　　　　　＊　　　　　　＊

아틀레티코 마드리드는 재정적으로 여유가 있는 팀이 아니었다.

물론 다른 거대한 구단들에 비교했을 때 그렇다는 것이지만.

확실한 건 현재 축구판에서 가장 핫한 선수인 이민혁을 영입할 정도의 재정 상태는 되지 않는다는 게 사실이었다.

그럼에도 아틀레티코 마드리드가 이민혁을 영입할 수 있었던 것엔 이민혁 본인의 의지가 가장 많은 영향을 미쳤다.

"이게 진짜 될 줄은 몰랐는데… 리버풀의 수뇌부 측에서도 이민혁 선수에게 고마움을 많이 느끼고 있었나 봐요."

피터가 혀를 내두르며 말했고.

이민혁이 씨익 웃으며 질문했다.

"흔치 않은 일이죠?"

"그렇죠. 어떤 구단이 손해를 보면서까지 팀의 에이스이자 슈퍼스타를 이적시키고 싶겠어요. 파리 생제르맹이나 맨체스터 시티가 훨씬 더 거금을 제안했었고, 당장 바르셀로나랑 레알 마드리드가 제안했던 금액도 아틀레티코 마드리드가 제안했던 금액보다 훨씬 컸잖아요? 그럼에도 리버풀은 이민혁 선수의 의견을 존중하겠다며 손해를 감수하고도 아틀레티코 마드리드로의 이적을 받아들였죠."

"피터의 설명을 들으니까 더 고맙게 느껴지네요. 따로 수뇌부 측에 찾아가서 인사라도 드려야 할까요?"

"아뇨, 그럴 필요는 없어요. 그냥 고마움을 느끼는 정도면 됩니다. 리버풀이 일방적으로 이민혁 선수에게 좋은 일을 한 건 아니거든요. 이민혁 선수가 리버풀에 해 준 게 워낙 대단하잖아요? 프리미어리그 2회 우승시켜 주고, 유로파리그랑 챔피언스리그에서 우승시켜 줬으니까요."

"에이~! 시켜 주다니요. 다들 열심히 뛰어서 만들어 낸 결과에요."

"두 시즌 동안 보여 준 리버풀의 성적이 이민혁 선수 때문이라는 건 그 누구도 부정하지 못할 겁니다."

"…흠흠!"

이민혁은 헛기침하며 창밖으로 시선을 옮겼다.

공항으로 향하는 차 안에서 들은 칭찬은 민망해서 가만히 듣고 있기 힘든 수준이었다.

그래서.

이민혁은 괜히 화제를 돌려 봤다.

"드디어 스페인 리그에서 경쟁해 보겠네요."

"경쟁이라기보단, 스페인 리그를 박살 내러 가시는 거겠죠."

"……."

*　　　　　*　　　　　*

스페인으로 떠나기 전.

이민혁은 훈련장에 모인 동료들, 코치진, 감독과 작별 인사를 나누는 시간을 가졌다.

리버풀 측은 이민혁이 이곳에 있는 동안 최고의 대우를 해 줬고, 마지막까지도 최고의 대우를 해 주기 위해 노력했다.

'참 고마운 구단이야. 2년 뛰고 떠난다는 사람 방해도 안 하고, 오히려 잘 가라고 대우까지 해 주네.'

이민혁이 주변의 관계자들, 코치, 동료들을 보며 옅게 웃었다.

물론 이민혁이 리버풀에서 엄청난 활약을 해 줬기에 나오는 대우이기도 할 테지만.

그래도 고마운 건 고마운 것이었다.

"민혁, 넌 어디 가서도 잘할 거야. 마음 같아선 말리고 싶지만, 네가 다 생각이 있으니까 선택한 거겠지."

"응원해 줘서 고마워요. 피르미누 덕에 리버풀에서 쉽게 적응할 수 있었어요."

가장 먼저 다가온 선수는 피르미누였다.

성격이 좋아 리버풀에서 생활할 동안 가장 친하게 지내던 동료 중 하나였다.

이어서 필리페 쿠티뉴, 시몬 미뇰레, 애덤 럴라나, 엠레 찬 등, 모든 동료가 다가와 작별 인사를 건넸다.

그리고.

마지막으로 리버풀의 감독인 위르겐 클롭이 다가왔다.

커다란 덩치를 지닌 그는 다짜고짜 이민혁을 끌어안았다.

"넌 내 인생에 최고의 선수였다. 앞으로 네가 갈 길을 응원하마."

평소에 호탕하고 장난스러운 모습을 보여 주는 감독이었지만, 지금만큼은 그러지 않았다.

어느 때보다도 진지한 얼굴로 이민혁을 향해 조언했다.

"축구선수는 게을러지면 실력이 빠르게 떨어진다는 걸 알고 있지? 멈추지 말고 계속 나아가라! 넌 지금도 최고의 선수지만, 더 발전할 수 있다."

그런 감독을 바라보며, 이민혁은 환하게 웃었다.

"감사합니다, 위르겐 클롭 감독님."

*   *   *

아틀레티코 마드리드.

라리가에서 활약하는 강팀이다.

최고의 팀은 아니지만, 강팀이라는 말을 듣기엔 전혀 부족함이 없는 팀이다.

그러나.

이민혁을 품기엔 부족하다는 평이 많았다.

└이게 무슨 일이냐……? 이민혁이 대체 왜 아틀레티코 마드리드로 가는 거야? 무슨 연관성이 있다고?

└젠장, 이민혁의 가족 중에 아틀레티코 마드리드의 팬이 있나? 그게 아니고서야 바르셀로나랑 레알 마드리드를 두고 아틀레티코 마드리드를 선택하는 게 말이 돼? 이민혁급의 선수가 주전 경쟁을 걱정했을 리도 없잖아?

└이민혁이 밝혔잖아. 최고의 팀이 아닌 곳에서 최고의 팀을 이기는 게 즐겁다고. 근데 이민혁의 입장에서 생각해 보면 맞는 말인 것 같긴 해. 바르셀로나나 레알 마드리드로 가면 축구가 시시하게 느껴질 거 아니야?

└아… 아틀레티코 마드리드는 무게감이 조금 떨어지는데……? 이건 뭐, 디에고 시메오네 감독이랑 아틀레티코 마드리드의 팬들만 좋아하겠군.

└확실한 건 이민혁의 취향이 특이하다는 거야. 돈을 더 많이 준다는 제안들을 전부 거절하고 아틀레티코 마드리드를 선택한 거잖아?

└어린 나이에 이룰 걸 다 이룬 이민혁을 걱정하는 것도 웃긴 일이지만, 그래도 더 좋은 팀에 갔으면 더 좋은 커리어를 쌓을 수 있었을 텐데.

이처럼 부정적인 반응이 대부분이었다.

반면, 이민혁의 선택을 좋게 바라보는 축구 팬들도 존재했다.

ㄴ난 이민혁의 선택이 좋았다고 생각해. 아틀레티코 마드리드
에 간 선택으로 라리가를 더 재밌게 만들어 줄 것 같거든.

ㄴ그건 맞지. 이민혁이 바르셀로나랑 레알 마드리드가 다 해 먹
는 라리가에 신선함을 줄 것 같아.

ㄴ이제 아틀레티코 마드리드도 레알 마드리드랑 바르셀로나와
함께 확실하게 라리가의 3강으로 떠오르겠네.

당연한 일이었지만 이민혁의 아틀레티코 마드리드행에 가장
기뻐한 건 아틀레티코 마드리드의 팬들이었다.

ㄴ우오오오오오!!!!!!!! 이민혁이라고? 이민혁이 정말 아틀레티코
로 온다고?! 이거 진짜냐고?!!!!

ㄴ이런 미친! 진짜잖아?!!! 미쳤군! 이건 정말 미친 소식이야!

ㄴ이민혁이 아틀레티코로 오다니… 드디어 아틀레티코 마드리
드가 챔피언스리그에서 우승하는 걸 볼 수 있는 건가……?

ㄴ아틀레티코가 돈을 많이 주지도 못할 텐데… 너무 고맙잖
아…….

ㄴ난 예전부터 이민혁의 팬이었는데, 설마 이 친구가 내가 응원
하는 팀으로 올 줄이야……!

ㄴ우리 부모님은 아틀레티코 마드리드의 오랜 팬인데, 드디어
아틀레티코 마드리드가 라리가 최고의 팀이 되는 모습을 볼 수 있
겠다고 하시며 좋아하시네.

ㄴ우리 할아버지도 엄청 좋아하시고 있어!

그리고 지금.

화제의 중심에 선 이민혁 역시 기뻐하며 미소를 짓고 있었다.

"다들 되게 반겨 주네요."

현재 이민혁은 스페인 마드리드로 이사를 온 김에 피터와 함께 동네 산책을 하던 중이었고.

지나가던 사람들은 이민혁을 알아보며 반갑게 인사를 건넸다.

이처럼 새롭게 살게 된 나라에서 환영받는 건 기분 좋은 일이었다.

다만 이민혁의 얼굴에 걸린 미소는 오래가지 못했다.

"그러게요. 이민혁 선수의 인기는 스페인에서도 장난 아니군요. 역시 슈퍼스타답습니다."

옆에서 슈퍼스타라며 띄워 주는 피터의 말에 이민혁의 얼굴은 붉게 달아올랐다.

"아오, 피터! 슈퍼스타라뇨! 창피해 죽겠으니까 그런 말 좀 하지 마세요."

"크흐흐! 슈퍼스타를 슈퍼스타라고 하지, 뭐라고 해요?"

"어휴! 저는 그냥 축구선수예요. 슈퍼스타랑은 거리가 멀다고요."

"그럼 주변에 몰리는 저 사람들은 뭘까요~?"

그리고 지금.

이민혁과 피터의 앞엔 엄청난 인파가 몰려들고 있었다.

저들이 전부 팬인지는 모르겠지만, 확실한 건 저들 모두 이민혁의 이름을 외치고 있었다.

"……"

이민혁이 머리를 긁적였다.

동시에 피터를 바라보며 작은 목소리로 대답했다.

"슈퍼는 아니어도… 스타까지는 인정해야겠네요."

*　　　　*　　　　*

이민혁은 마드리드에 온 이후, 며칠간 이곳 환경에 적응할 시간을 가졌다.

아틀레티코 마드리드 측에서 이민혁이 적응할 수 있도록 최선을 다했고, 이는 큰 도움이 됐다.

"이제 좀 이 동네도 편하게 느껴지네요."

"벌써요? 아직 일주일도 안 됐는데요? 참… 이민혁 선수는 적응이 되게 빠른 것 같아요."

"그런가요? 프로 데뷔를 해외에서 해서 그런가? 별로 어색한 게 없어요. 음식도 잘 맞고, 여기 사람들 사는 방식도 괜찮아 보이고요."

"좋은 겁니다. 다른 나라 문화에 적응 못 해서 실력 발휘를 못 하는 선수들도 많으니까요."

아틀레티코 마드리드 측에게 일주일간 휴식을 부여받았고, 이민혁은 그동안 동네를 산책하고, 혼자 공을 다루며 컨디션을 유지하고 있었다.

"이제 이틀 뒤면 훈련에 참여하겠네요."

"예, 첫 훈련부터 너무 무리하지 마시고, 안 다치게… 아시죠?"

"알죠. 그런데 피터, 제가 다치는 거 봤나요?"

"못 봤죠."

"그러니까 걱정 안 해도 돼요. 제가 유일하게 걱정하는 건, 귀찮은 일이 생기는 것뿐이에요."

"귀찮은 일이요?"

"텃세 같은 거 있잖아요. 괜히 유치하게 패스 안 주고 그러는 거요."

"예에?! 하하! 신인 선수한테는 몰라도, 설마 이민혁 선수에게 그럴까요?"

"저도 설마 하는 일이 생기지 않길 바라고 있어요. 유치하게 기 싸움 하는 건 그만하고 싶거든요."

며칠 뒤, 이민혁은 아틀레티코 마드리드의 훈련장에 발을 디뎠다.

어색하진 않았다.

이미 입단식을 위해 와 본 경험이 있기 때문이었다.

메디컬 테스트도 전부 받은 상태였기에, 이민혁은 곧바로 훈련에 투입될 준비를 했다.

유니폼을 입고, 훈련장에 있는 관계자들과 인사를 나눴다.

"역시 훈련 중이구나."

훈련은 진행 중이었다.

원래라면 훈련에 절대 늦지 않는 이민혁이었지만, 지금은 늦을 수밖에 없었다.

구단 측으로부터 조금 늦게 와 달라는 부탁을 받았기에 생긴 일이었다.

스윽!

이민혁이 모습을 드러내자, 반응은 즉각적으로 나타났다.

"오옷! 이민혁이다!"

"진짜야! 진짜 이민혁이야! 으하하! 아틀레티코 마드리드에 정말 이민혁이 왔어!"

"젠장, 왜 이렇게 떨리지? 슈퍼스타라도 본 기분이야!"

아틀레티코 마드리드 선수들이 하던 것을 멈추고 동시에 이민혁을 바라봤다.

자연스레 진행되던 훈련이 중단됐다.

선수들을 지도하던 코치들도 전부 이민혁을 바라봤다.

이때, 훈련장의 모든 것을 컨트롤하던 아틀레티코 마드리드의 감독이 이민혁을 향해 다가왔다.

'우와… 전에도 느꼈지만, 인상 참 살벌하시네.'

디에고 시메오네.

마피아 보스라는 별명이 있을 정도로 강렬한 인상을 지닌 남자였다.

2011년부터 아틀레티코 마드리드의 감독직을 수행하고 있는 그는, 아틀레티코 마드리드의 팬들에게 많은 사랑을 받는 감독이었다.

그는 권총이라도 꺼내 들 것 같은 얼굴을 한 채, 이민혁을 향해 손을 내밀었다.

"반가워. 오랜만이지?"

"그러게요. 되게 오랜만이네요. 한 2년 만인가요?"

"…그 정도가 됐겠군. 그땐 적이었는데, 이젠 같은 팀에서 만나게 됐네? 참 잘된 일이야."

디에고 시메오네 감독이 특유의 살벌한 미소와 함께 과거의 일을 꺼내 들었고, 이민혁도 미소를 지으며 대답했다.

"예. 잘된 일이죠."

디에고 시메오네 감독과는 과거, 이민혁의 분데스리가 데뷔 시즌인 2014/15시즌에 만난 적이 있다.

당시 챔피언스리그 결승전에서의 만남이었고, 이민혁은 바이에른 뮌헨 소속으로 선발 출전해서 3골을 기록하며 팀의 5 대 1 승리를 이끌었다.

즉, 디에고 시메오네 감독과 아틀레티코 마드리드 선수들에겐 기억하고 싶지 않은 일이다.

그런데 지금, 그 일을 먼저 꺼내 든 것이다.

"과거의 일을 꺼낸 건 장난이니까 오해를 할 필요는 없어. 우린 과거에 겪은 패배는 금방 잊어버리거든. 그렇지?"

휘익!

디에고 시메오네 감독이 그 말과 함께 근처에 다가온 아틀레티코 마드리드의 선수들을 향해 소리쳤다.

이에 선수들은 기다렸다는 듯 크게 대답했다.

"예, 감독님! 당연하죠! 전 우리가 챔피언스리그 결승전에 갔던 것도 기억이 안 납니다!"

"우리가 이민혁 저 친구와 만났던 적이 있나요? 전 기억에 없는데요?"

"감독님 말이 맞아요! 이민혁을 TV로는 봤지만, 실제로 보는 건 처음이네요."

그 모습을 보며, 이민혁은 웃음을 터뜨릴 수밖에 없었다.

"하하! 단합이 되게 잘되네요. 멋진데요?"

디에고 시메오네 감독도 씨익 웃으며 선수들을 향해 잘했다는 듯, 엄지를 들어 올렸다.

"단합, 잘되지. 단합이 잘되지 않으면 라리가의 괴물 팀들을 상대로 이길 수가 없거든."

"괴물들이라면 레알 마드리드랑 바르셀로나를 말하는 건가요?"

"맞아. 네가 얼마 전에 챔피언스리그에서 발라 버린 그 레알 마드리드. 그 경기를 실시간으로 보면서 얼마나 통쾌했던지! 아마 여기 있는 녀석들 모두 그 경기를 잔뜩 흥분하면서 봤을걸?"

디에고 시메오네 감독은 말을 하며 다시 아틀레티코 마드리드 선수들을 바라봤고.

아틀레티코 선수들은 또다시 기다렸다는 듯 빠르게 대답했다.

"맞아요! 레알 마드리드 녀석들 두들겨 맞는 거 보고 얼마나 통쾌했는지 몰라요!"

"크흐흐! 전 그 경기 보고 너무 신이 나서 춤을 췄었죠."

"속이 뻥 뚫리는 기분이었죠!"

"으하핫! 그 거만하던 레알 마드리드 녀석들이 당황해서 허둥대는 꼴을 보는 건 웬만한 개그 프로그램보다 더 웃겼어요."

"특히 세르히오 라모스! 그 개자식은 거의 울기 직전이었다니까요?"

이 사람들 참 특이하다… 라는 생각을 하며, 이민혁은 디에고 시메오네 감독과 이제 동료가 된 아틀레티코 마드리드의 선수들을 바라봤다.

"하하… 챔피언스리그 4강 말씀하시는 거죠? 레알 마드리드는 쉬운 상대는 아니었어요. 솔직히 힘든 상대였죠. 지금 생각해 보면 2차전 때는 레알 마드리드 선수 한 명이 퇴장당해서 그나마 수월하게 이길 수 있었던 것 같아요. 그리고 그 경기는 별로 신경 쓰고 있지 않아요. 과거일 뿐이니까요. 하지만, 여러분에게 한 가지는 약속드릴 수 있을 것 같네요."

디에고 시메오네 감독과 아틀레티코 마드리드의 선수들은 아무런 말도 하지 않았다.

이들 모두 초롱초롱한 눈으로 현재 세계 최고의 선수인 이민혁의 말에 집중했다.

그리고.

이민혁은 얼굴에 걸린 웃음을 전부 지워 버리곤, 이들을 향해 솔직한 마음을 드러냈다.

"아틀레티코 마드리드는 이제 라리가 최강의 팀이 될 겁니다."

*   *   *

훈련장이 조용해졌다.

누구도 입을 열지 못하고 있었다.

디에고 시메오네 감독을 비롯해 아틀레티코 마드리드의 베테랑 선수들과 신인 선수들 모두 입을 떡 벌리고 눈을 동그랗게 뜨고 있었다.

이민혁이 내뱉은 말 때문이었다.

"아틀레티코 마드리드는 이제 라리가 최강의 팀이 될 겁니다."

그리고 지금.

훈련장에 있던 모두가 전율했다.

라리가가 최강의 팀이 되는 것.

아틀레티코 마드리드가 그토록 원하던 일이었으니까.

이민혁과 함께라면 정말 가능할지도 모른다는 생각이 들었으니까.

"흐흠……! 자네의 포부, 잘 들었네. 라리가가 최강의 팀… 멋진 말이야. 나도 늘 꿈꾸던 일이지. 언젠가는 가능할 거라고 믿던 일이기도 하고. 그런데 이제 그 꿈을 이룰 수 있을 것 같다는 생각이 드는군."

디에고 시메오네 감독은 몸을 부르르 떨며 이민혁을 향해 말했고.

이민혁은 씨익 웃으며 고개를 끄덕였다.

"가능합니다. 제가 그렇게 도와드릴 거예요."

그때였다.

환호성이 터져 나왔다.

"…우와! 겁나 멋있어!"

"우오오오오! 미쳤군! 저 말이 전혀 거만하게 느껴지지 않아! 이민혁이라면 진짜 아틀레티코 마드리드를 최고로 만들어 줄 것 같아!"

"허허……! 휘우! 벌써 흥분되는군! 이제 레알 마드리드랑 바르셀로나를 발라 버릴 수 있는 거야?!"

"오오오옷! 카리스마 뭐야! 너무 멋있어서 바지에 오줌 지릴 뻔했다고!"

"난 최고의 팀이 될 거라는 말이 나왔을 때부터 이미 지려 버렸어!"

경기장에서나 들을 법한 환호였다.

훈련장에서 동료들에게 들을 만한 환호는 아니었기에, 이민혁은 어색한 웃음을 흘렸다.

"…하하."

웃음을 흘리던 이민혁이 이마에 흐르는 땀을 닦아 냈다.

더불어 눈앞에 떠오른 메시지를 바라보며 오그라들던 손발을 펴기 시작했다.

[퀘스트를 완료하셨습니다!]

[퀘스트 내용: 새로운 팀에서 함께할 동료들의 호감을 얻는 건 중요합니다. 멋진 포부를 드러내 이들의 마음을 얻으세요.]

[보상으로 경험치가 50% 증가합니다.]

[레벨이 올랐습니다!]

무려 50%의 경험치를 주는 퀘스트!

이민혁은 이걸 예상했고, 그랬기에 성격에도 안 맞는 말들을 뱉어 냈던 것이었다.

'하… 이렇게까지 해야 하나……? 정말… 경험치가 낮은 괴물이 되어 가고 있는 기분이야.'

*　　　　*　　　　*

아틀레티코 마드리드에서의 훈련은 어려울 게 없었다.

물론 이곳의 특징은 있었다.

엄청난 양의 체력 훈련을 한다는 것.

많이 뛰며 상대를 압박하는 디에고 시메오네 감독의 전술 특성상 어쩔 수 없는 일이었다.

'바이에른 뮌헨에 있을 때와 비교하면 말도 안 되는 훈련량이긴 해.'

과거, 바이에른 뮌헨에서 뛸 시절엔 이렇게나 힘든 훈련을 소화하지 않았다.

만약 바이에른 뮌헨에서 아틀레티코 마드리드로 바로 넘어왔다면 제아무리 이민혁이라고 해도 당황할 수밖에 없었을 것이다.

그러나.

"할 만하네."

이곳에 오기 전, 이민혁의 팀은 바이에른 뮌헨이 아니라 리버풀이었다.

위르겐 클롭이 이끄는 리버풀.

그 팀은 지금의 아틀레티코 마드리드와 비교해도 전혀 밀리지 않는 훈련량을 소화하는 팀이었다.

'그러고 보면 디에고 시메오네 감독님과 위르겐 클롭 감독님의 훈련 스타일이 꽤 비슷하단 말이야? 전술도 꽤 비슷한 것 같고.'

이민혁이 옅게 웃었다.

단단하게 차 있던 자신감이 이젠 넘치기 시작했다.

아틀레티코 마드리드에서의 훈련은 리버풀과 비슷한 느낌이었고, 그렇다는 건 이곳에서의 적응이 전혀 어렵지 않을 것 같다는 생각이 들었으니까.

"이봐! 방금 그 태클은 너무 거칠었잖아! 이제 곧 시즌 시작인데, 동료를 다치게 할 생각이냐?"

"집중해! 방금은 확실하게 처리해 줬어야지! 실전에서 그렇게 흘리면 바로 골 먹히는 거 몰라?!"

"바로 때렸어야지! 도대체 시간을 왜 끄는 거야? 수비수한테 태클할 시간을 주는 거야?"

"뭐 해?! 백업해 줬어야지! 멍때리지 말고 정신 차리라고!"

아틀레티코 마드리드의 분위기는 좋았다.

열정적으로 훈련에 몰두하는 선수들을 보면, 이들이 왜 레알 마드리드나 바르셀로나와 같은 팀을 상대로 좋은 모습을 보여주는지를 알 수 있을 것 같았다.

시간은 빠르게 흘렀다.

어느덧 새로운 시즌이 시작될 날이 코앞까지 다가왔다.

"오늘도 최선을 다해 봅시다!"

이민혁은 아틀레티코 마드리드의 훈련이 전혀 어렵게 느껴지지 않았지만, 설렁설렁하는 법 없이 매 순간 최선을 다했다.

그리고.

이처럼 딱 보기에도 쉽게 훈련을 소화하지만, 대충하는 법이 없는 이민혁의 모습은 아틀레티코 마드리드의 선수들에게 커다란 자극을 줬다.

'저렇게 잘하면 시시할 만도 한데, 제일 열심히 하잖아? 젠장, 괜히 반성하게 되는군.'

'이민혁 저 친구, 완전히 괴물이야… 근데 성실하기까지 해. 어떻게 저럴 수가 있지? 듣기로는 훈련장에 오는 시간도 항상 가장 빠르다던데……'

'이민혁이 저렇게 열심히 하는데 내가 쉴 순 없지. 게다가 저 친구, 훈련장에서 제일 늦게 집에 가잖아?'

'세계 최고의 선수로 인정받고 있으면서, 저렇게까지 열심히 할 수 있다고……? 나도 더 열심히 해야겠어!'

그동안 느끼지 못했던 신선한 자극이었고, 이 자극은 아틀레티코 마드리드에 변화를 가져왔다.

"헤르만 부르고스, 지난 시즌보다 선수들의 움직임이 좋아진 것 같은데, 내 착각은 아니겠지?"

디에고 시메오네 감독은 옆에 선 거대한 덩치의 남자에게 질문했다.

거대한 덩치의 남자는 아틀레티코 마드리드의 수석코치 헤르만 부르고스.

역시나 험악한 인상으로 인해 디에고 시메오네의 행동 대장이라고도 불리는 그는 기다렸다는 듯 대답을 내놓았다.

"제대로 보셨어요. 저 녀석들, 제대로 동기부여가 된 모양이에요."

"…그렇군. 역시 이민혁 때문이겠지?"

"예. 이민혁이 온 이후로 팀의 분위기가 변했어요. 압도적인 실력을 지닌 선수가 훈련에 가장 열심히 참여하고, 남아서도 훈련 하는 모습을 매일 보여 주니까 느낀 바가 크겠죠."

"저 친구의 나이가 21세였지?"

"예."

"크흐흐! 21세라니……! 이제 우리 선수지만, 여전히 볼 때마다 무섭게 느껴지는 재능이야. 축구 재능 자체도 압도적인데, 마인드와 성실함, 집중력이 그 어떤 선수도 따라가기 힘들 정도로 대단해. 게다가 이유는 모르겠지만, 이민혁에겐 간절함마저 느껴져."

"저도 비슷한 느낌을 받았습니다. 이민혁은 누구도 따라올 수 없는 재능을 지녔으면서, 재능이 없는 사람에게 느껴지는 간절함이 있어요. 정말 특이한 친구죠."

디에고 시메오네.

그는 가장 친한 친구이자, 가장 신뢰하는 코치인 헤르만 부르고스를 보며, 씨익 미소를 지었다.

"이민혁 저 친구, 아틀레티코 마드리드를 라리가 최고의 팀으로 만들겠다는 말을 지킬 수도 있겠는걸?"

*   *   *

곧 시작될 2017/18시즌.

아직 시즌이 시작되기 전이었지만, 전 세계 축구 팬들의 라리가를 향한 관심은 그 어느 때보다도 높았다.

아틀레티코 마드리드에서 새로운 시즌을 준비하고 있는 이민혁 때문이었다.

┗으어!!!! 기대된다!!!! EPL의 팬인 내가 라리가의 새로운 시즌을 기다리게 되다니!!!

┗이민혁이 아틀레티코 마드리드에선 어떤 모습을 보여 줄까? 라리가의 팀들을 전부 다 털어 버리겠지?

┗아틀레티코 마드리드 vs 레알 마드리드, 아틀레티코 마드리드 vs 바르셀로나. 이 경기들이 가장 기대가 돼.

┗나도 동감해. 그 경기들은 분명 어마어마한 재미를 줄 거야.

┗이번 시즌은 역사에 남을 시즌이 될 거야.

┗이민혁이 라리가에서마저도 잘하면 세계 3대 리그에서 다 통한다는 걸 증명하게 되는 거지?

┗그치, 진정한 축구의 황제이자, 축구의 신이라는 걸 증명하게 되는 거지.

┗라리가의 수비수들은 이민혁의 피지컬만으로도 깜짝 놀랄걸? 이민혁은 EPL의 거친 수비수들과의 몸싸움도 이겨 낸 괴물이거든!

┗지난 시즌 막바지엔 오히려 이민혁이 EPL의 수비수들을 튕겨낼 때도 많았잖아? 기사에서 보기론 웨이트 트레이닝을 엄청 열심히 한다던데, 확실히 이민혁은 날이 갈수록 피지컬이 좋아지고 있어.

┗가장 놀라운 건 이민혁은 근육을 늘리면서도 민첩성은 조금도 떨어지지 않았다는 거지. 오히려 더 민첩해진 것 같기도 해.

┗도대체 어떤 훈련을 해야 이민혁처럼 성장할 수 있는 거야?

ㄴ그걸 알면 리버풀 선수들 모두가 성장했겠지. 근데 아니었잖아? 그냥 이민혁이 잘난 거야. 우리는 그냥 맥주를 마시면서 이민혁이 라리가에서 활약하는 모습을 지켜보면 돼.

이처럼 많은 기대를 받는 상황에서 시간은 계속 흘렀다.
땡볕이 쏟아지는 2017년 8월 여름.
스페인의 축구경기장엔 사람들로 바글바글했다.
무더운 날씨도 이들을 막을 순 없었다.
오늘은 라리가의 개막전이 펼쳐지는 날이었으니까.
게다가.
이민혁의 라리가 데뷔전이 펼쳐지는 날이었으니까.

─아틀레티코 마드리드와 지로나의 선수들이 경기장에 입장하고 있습니다!

양 팀 선수들이 경기장에 모습을 드러냈다는 것.
경기가 시작되기까지 얼마 남지 않았다는 뜻이었다.
당연하게도 관중들은 거대한 함성을 쏟아 냈다.
"우와……! 라리가 관중들의 열정도 대단하시네. 역시 세계 3대 리그 중 하나라는 건가?"
이민혁은 거대한 함성에 감탄하며, 상대 선수들을 바라봤다.
'지로나 FC… 지난 시즌에 라리가로 승격한 팀이라서 전력을 확실하게 파악하긴 힘들었어. 라리가 2에서의 경기가 있긴 하지만, 그때와 같은 전술을 들고 왔다는 보장도 없으니까.'

지로나 FC는 지난 시즌 스페인 2부 리그에서 2위를 기록하며 승격에 성공, 이번 시즌부터 라리가에서 활약하게 된 팀이다.

당연하게도 어떤 전술을 가지고 나왔을지 확신할 수가 없다.

그러나.

'상대하다 보면 알겠지.'

이민혁의 얼굴엔 조금의 걱정도 드러나지 않았다.

그는 든든하다는 표정으로 동료들을 바라봤다.

'우리가 밀릴 것 같지도 않고.'

비록 레알 마드리드와 바르셀로나에 비하면 떨어지는 전력을 지녔지만.

그래도 아틀레티코 마드리드는 바르셀로나와 레알 마드리드 다음으로 스쿼드가 좋다고 평가받는 팀이었다.

아틀레티코 마드리드는 페르난도 토레스, 앙투안 그리즈만, 코케와 같이 클래스가 있는 선수들을 보유했고, 이민혁은 이들이 지로나를 상대로 좋은 경기력을 보여 줄 것이라고 확신했다.

—경기 시작합니다!

라리가에서의 첫 경기가 시작된 지금.

양 팀 선수들이 천천히 움직였다. 각자 준비한 전술에 맞게, 잘 짜인 동선으로 움직이며 서로가 준비한 걸 펼치기 시작했다.

다만, 이민혁만큼은 자유롭게 움직였다.

오른쪽 윙어로 출전했지만 사실상 프리롤 역할을 부여받은 그는, 최전방으로 뛰어들며 지로나의 수비수들을 압박했다.

―이민혁이 최전방 압박을 펼치고 있습니다! EPL에서 아주 좋은 효과를 본 압박이죠? 과연 이민혁이 라리가 데뷔전에서 어떤 모습을 보여 줄지, 지켜보겠습니다!

이민혁의 압박은 EPL의 수비수들 사이에선 악명이 높았다.

지긋지긋할 정도로 뛰어난 체력과 소름 돋을 정도로 정확한 태클 능력 때문이었다.

EPL의 수비수들은 이민혁이 달려올 때면 다급하게 공을 돌렸다. 절대 개인 능력으로 압박을 벗어날 생각을 하지 않았다.

아무리 개인 능력에 자신감이 있는 수비수도 이민혁 앞에서는 탈압박을 시도하지 않았다.

그럴 수밖에 없었다.

탈압박을 한답시고 공을 빼앗겨 골까지 허용한 수비수들이 아주 많았으니까.

그리고 지금.

"헉?! 뭐 이렇게 빨라?!"

지로나의 수비수는 엄청난 속도로 덤벼드는 이민혁의 움직임에 깜짝 놀라며 본능적으로 탈압박을 시도했다.

Chapter. 5

지로나 FC의 수비수 마르크 무니에사.

그는 당황할 수밖에 없었다.

경기 초반부터 엄청난 속도로 달려오는 이민혁 때문이었다.

'더럽게 빠르네!'

다만, 마르크 무니에사는 스페인 선수답게 기술에 자신감이 있는 편이었다.

달려오는 이민혁을 보며 왼쪽으로 상체를 흔든 뒤, 공을 오른쪽으로 툭 치며 이동했다.

페인팅을 섞은 깔끔한 탈압박이었다.

그 움직임에 달려오던 이민혁이 목적지를 잃었다.

'휴우! 이 정도면 됐겠지. 저 자식, 괜히 놀라게 하고 있…….'

마르크 무니에사는 이민혁의 압박을 벗어났다고 생각했다.

그래서 안도의 한숨을 내쉬며, 전방을 바라봤다.

그런데 이때.

"조심해!"

동료의 목소리가 마르크 무니에사의 귓속을 파고들었다.

"뭐……?!"

마르크 무니에사는 당황하며 뒤를 확인하려고 했다. 그러나 이미 늦어 버렸다.

촤아아악!

그의 발밑으로 날카로운 백태클이 들어왔으니까.

"커헉?!"

마르크 무니에사가 공중에 부웅 떴다.

이내 바닥에 철푸덕 떨어졌고.

―우와아아아아! 이민혁의 엄청난 태클이 나옵니다!

이민혁은 공을 소유한 채, 몸을 일으켰다.

전진하기 위한 준비도 끝났다.

그러나 이민혁이 폭발적인 속도를 내려고 할 때, 이미 압박이 들어왔다.

오늘 지로나가 들고 온 수비 전술은 5백.

즉, 5명으로 수비를 하는 전술이었다.

이민혁이 마르크 무니에사의 공을 뺏어 냈지만, 아직 4명의 수비수가 남아 있었다.

물론 전부 다 상대할 필요는 없었다.

축구는 혼자 하는 게 아니었으니까.

'든든하구만.'

눈을 가늘게 뜬 이민혁이 전방의 시야를 빠르게 확인하며 씨익 미소지었다.

왼쪽 측면엔 동료 윙어인 카라스코가 지로나의 풀백의 시선을 끌고 있었고.

정면과 오른쪽엔 각각 앙투안 그리즈만과 페르난도 토레스가 수비수들의 시선을 끌고 있었다.

자연스레 이민혁의 앞쪽 공간은 비게 됐다.

텅텅 비어 버린 공간.

게다가 위치는 골대와 가까운 페널티박스 바로 바깥.

이민혁은 이런 상황에선 슈팅을 참지 않는 편이었다.

[상대의 페널티박스 바깥에서 슈팅했습니다!]

['중거리 슈터' 스킬 효과가 발동됩니다!]

[슈팅의 정확도가 대폭 상승합니다.]

퍼어어엉!

강렬한 타격음이 경기장에 울려 퍼졌다.

이민혁은 떠오른 메시지에 시선을 주지 않고 끝까지 공의 움직임에 집중했다.

공을 향한 시선이 유지되는 시간은 매우 짧았다.

눈 깜짝할 사이에 공은 이미 지로나의 골 망을 흔들고 있었으니까.

─고오오오오오올! 골입니다! 우와아……! 이민혁 선수, 어마어
마한 슈팅이네요! 공이 엄청난 속도로 골대 상단으로 빨려 들어갔
습니다!

─허허! 이런 슈팅은 막을 수가 없죠!

골을 터뜨린 지금.

이민혁은 아틀레티코 마드리드 동료들과 팬들의 환호를 받으
며, 손가락 하나를 들어 올렸다.

"이제 한 골입니다."

이민혁은 세리머니를 펼치면서도 눈동자를 굴려 허공을 바라
봤다.

그곳엔 기다렸던 메시지들이 떠오르고 있었다.

[퀘스트를 완료하셨습니다!]

[퀘스트 내용: 라리가 데뷔전에서 골을 기록하세요.]

[보상으로 경험치가 20% 증가합니다.]

[퀘스트를 완료하셨습니다!]

[퀘스트 내용: 라리가 데뷔전에서 경기 시작 3분 안에 골을 기록하
세요.]

[보상으로 경험치가 50% 증가합니다.]

[퀘스트를 완료하셨습니다!]

[퀘스트 내용: 라리가 데뷔전에서 공격포인트를 기록하세요.]
[보상으로 경험치가 대폭 증가합니다.]

[퀘스트를 완료하셨습……]
…….
…….

*   *   *

"오!"
허공을 바라보던 이민혁이 감탄했다.
많은 수의 메시지가 떠오른 뒤, 마지막으로 떠오른 메시지 때문이었다.

[레벨이 올랐습니다!]

"역시 데뷔전 버프는 세다니까?"
이민혁은 만족스러운 얼굴로 레벨이 오르며 받은 스탯 포인트를 사용했다.

[스탯 포인트 2를 사용하셨습니다.]
[헤딩 능력치가 2 상승합니다.]
[현재 헤딩 능력치는 117입니다.]

경기가 시작된 지 얼마 되지 않아 터진 이민혁의 골은.

아틀레티코 마드리드를 응원하는 팬들을 뜨겁게 달구기엔 충분했다.

"으하하핫! 뭐야? 벌써 골을 넣었잖아?! 그것도 이민혁의 원맨쇼로!"

"우와! 이게 이민혁이구나! 이래서 축구황제란 말을 듣는구나!"

"실제로 보니까 더 미쳤는데? 저건 너무 잘하는 거 아니야? 정말 저런 선수가 아틀레티코 마드리드에 왔다고?!"

"방금 스피드 봤어? 마르크 무니에사한테 달려드는 속도가 말도 안 됐다고! 난 무슨 치타인 줄 알았다니까?"

"허허! 엄청 과감하게 백태클을 해 버리네? 게다가 그 태클의 퀄리티가 어지간한 수비수들보다 더 좋은데?"

"우오오옷! 슈팅이 무슨 레이저 같네! 이민혁이 왜 역대 최고의 슈터라고 불리는지 알겠어!"

반면, 지로나 FC를 응원하던 관중석의 분위기는 싸늘하게 식어 버렸다.

"벌써……? 젠장! 이건 너무 이른 실점이잖아!"

"수비에 5명을 세워 놓고 이렇게 빨리 골을 먹힌다고? 이거 완전 얼간이들 아니야?"

"미치겠군… 이민혁의 쇼가 시작됐어. 저 자식, 라리가에 적응할 시간도 필요 없다는 건가?"

"너무 빠르고, 태클이 말도 안 되게 정확해. 게다가 슈팅은 말할 것도 없이 완벽하고……."

하지만, 이런 반응과는 다르게 지로나 FC의 선수들의 눈빛은 살아 있었다.

이들은 믿고 있었다.

이른 시간에 골을 허용하긴 했지만, 남은 시간 동안 준비한 대로 잘하면 충분히 이길 수 있다고.

─경기가 재개됩니다! 지로나가 적극적으로 공을 돌리면서 전진하네요!

─너무 이른 시간에 골을 허용했기 때문에, 빠르게 동점골을 넣고 싶을 겁니다. 그러나 지로나는 아틀레티코 마드리드의 역습도 조심해야 합니다.

지로나는 빠르게 패스를 돌리고, 적극적으로 공간을 파고들며 슈팅 기회를 만들려고 했다.

하지만 디에고 시메오네 감독이 이끄는 아틀레티코 마드리드는 수비가 강한 팀.

체력도 쌩쌩한 경기 초반부터 지로나의 공격에 흔들릴 팀이 아니었다.

─아틀레티코 마드리드, 단단합니다! 안정적인 수비를 보여 주네요!

아틀레티코 마드리드는 지로나의 공격을 어렵지 않게 막아 냈다.

자연스레 공은 아틀레티코 마드리드로 넘어왔고.

아틀레티코 마드리드가 자랑하는 역습이 시작됐다.

─역습입니다! 호세 히메네스가 코케에게 연결합니다! 코케, 공을 받습니다! 우오오오! 호세, 좋은 탈압박입니다! 그리즈만에게 공을 연결합니다!

수비수인 호세 히메네스부터 공격수인 앙투안 그리즈만까지 공이 연결되는 시간은 매우 빨랐다.

수없이 발을 맞춰 봤기에 가능한 움직임이었다.

그리고 지금.

다른 동료들만큼 발을 맞춰 보진 않았지만, 압도적인 스피드를 지닌 이민혁이 최전방으로 튀어 나갔다.

그가 달리는 방향으로, 앙투안 그리즈만은 공을 툭 밀어 넣었다.

─앙투안 그리즈만! 좋은 패스입니다! 이민혁이 달립니다!

패스는 정확했다.

달리던 이민혁이 발을 뻗어 공을 받아 냈다. 툭 공은 오른발 안쪽에 부드럽게 들어왔다.

'터치 잘 됐고.'

현재 위치는 페널티박스 라인 바로 안쪽.

'위치도 좋고!'

이 정도 위치에서 이민혁에게 추가적인 드리블은 필요하지 않았다.

꾸욱!

잔디를 밟고 있는 오른발에 강하게 힘을 주고.

후웅!

왼발을 휘둘렀다.

빠르게, 그리고 정확하게.

[상대의 페널티박스 안에서 슈팅했습니다!]

['페널티박스 안의 피니셔' 스킬 효과가 발동됩니다!]

[슈팅의 정확도가 대폭 상승합니다.]

왼발 아웃프런트로 때린 슈팅이었다.

공은 오른쪽으로 날아가다가 왼쪽으로 급격히 휘었다. 위협적인 궤적을 그린 공은 지로나의 골대 상단 오른쪽 구석에 정확히 파고들었다.

─우와아아아아아아! 이건 정말⋯ 우와! 원더골입니다!

─허허⋯ 놀라운 슈팅이네요!

해설들이 감탄을 터뜨릴 정도로 아름다운 골이었다.

*   *   *

아틀레티코 마드리드의 감독 디에고 시메오네.

그는 특유의 험악한 얼굴로 헤르만 부르고스 수석코치를 향해 소리쳤다.

"이런 미친! 헤르만, 저런 슈팅 본 적 있어?"

감독에게 전혀 밀리지 않는 외모를 지닌 헤르만 부르고스는 특유의 무뚝뚝한 얼굴로 입을 열었다.

"감독님, 예전에 호베르투 카를루스가 보여 준 적이 있긴 하죠."

"그래, 자네 말처럼 과거에 호베르투 카를루스가 보여 주긴 했지. 수비수들의 방해가 없는 프리킥 상황에서. 그런데 말이야, 방금 이민혁처럼 달리는 상황에서 공을 잡아 놓고, 곧바로 아웃 프런트 킥으로 저렇게나 아름답고 강력한 슈팅을 때릴 수 있는 선수가 또 있었어?"

"…제 기억엔 없습니다."

"그래, 없다고! 하하! 미치겠군! 너무 좋아서 미치겠어! 이민혁 저 녀석, 도대체 어떻게 저렇게 잘하는 거야?!"

"그러게요. 괜히 세계 최고의 선수가 아니네요. 훈련에서도 계속 놀라운 모습을 보여 주긴 했지만, 실전에서, 그것도 데뷔전에서부터 긴장도 안 하고 말도 안 되는 골을 터뜨려 버리네요. 그것도 벌써 2개를요."

"이민혁이 오늘 몇 골이나 넣을 것 같나?"

"상상할 수가 없네요. 하지만 최소한 5골을 넣을 것 같아요."

"으하핫! 한 명의 선수가 한 경기에서 5골을 넣을 거라고 아무렇지 않게 얘기하다니! 누가 들으면 미쳤다고 할 수도 있겠지만, 이민혁의 이름을 듣는다면 충분히 할 수 있겠다고 할 게 분명해."

"감독님 말처럼 5골을 넣는 건 이민혁에겐 전혀 미친 일이 아니죠. 종종 일어나는 일일 뿐입니다. 물론 그의 무대가 라리가로 바뀌긴 했지만, 달라질 건 없을 것 같아요."

"으하하하하! 자, 그럼 이민혁의 쇼를 즐거운 마음으로 구경해 보자고!"

전반전 8분 만에 2개의 골을 터뜨린 이민혁은.

당연하게도 지로나 FC의 수비수들에게 집중적인 견제를 받았다.

웬만한 선수는 숨이 꽉 막힐 정도로 강력한 견제였다. 강한 몸싸움은 기본이고, 반칙까지 섞어 가며 이민혁의 움직임을 방해했다.

─주심이 휘슬을 불었습니다. 반칙이 선언되네요!

─방금은 마르크 무니에사가 뒤에서 이민혁의 옷을 잡았죠! 마르크 무니에사에게 옐로카드가 주어집니다.

하지만 이민혁이 누구던가.

분데스리가와 EPL에서 수없이 많은 견제를 받아 온 남자였다.

게다가.

상대의 견제는 이민혁에게 오히려 좋은 기회가 되는 경우도 많았다.

지금도 그랬다.

─오오오! 들어갔습니다! 우오오오오오! 고오오오오오올! 이민혁이 환상적인 프리킥 골을 터뜨리며 해트트릭을 기록합니다!

─이민혁 선수한테 이렇게 좋은 위치에서 프리킥을 주면 페널티킥을 준 것이나 다름없죠! 역대 최고의 프리킥 정확도를 지닌 이민혁 선수이지 않습니까!

경기는 압도적이었다.

아틀레티코 마드리드는 말 그대로 지로나 FC를 압도했다.

분데스리가에서 그랬던 것처럼, EPL에서 그랬던 것처럼.

그 중심엔 이민혁이 있었다.

―고오오오오오올! 또 이민혁입니다! 이번엔 머리로 골을 기록합니다!

―압도적인 높이의 헤더네요! 이민혁 선수의 키는 183㎝로 지로나 수비수들에 비해서 큰 편은 아니지만, 점프력이 차원이 달랐습니다!

―전반전에만 벌써 4골째입니다! 이민혁이 데뷔전부터 스페인의 팬들에게 자신의 존재감을 확실하게 각인시키고 있습니다!

*　　　　　*　　　　　*

과거의 이민혁은 빠른 스피드와 슈팅이 장점인 선수였지만.

지금의 이민혁은 온몸이 무기인 선수였다.

―우오오오! 이게 뭔가요? 이민혁이 등으로 골을 넣었습니다! 우연히 등에 맞은 골일까요?

―너무 빠르게 벌어진 일이라 느린 화면으로 봐야 알 것 같습니다. 지금 나오네요! 보시면 코케 선수가 슈팅을 때리고, 이민혁 선수가… 아! 날아오는 슈팅을 보면서 일부러 등을 가져다 대서 공의

방향을 바꿔 놓은 거네요! 우와아……! 이민혁 선수가 이제는 등으로도 골을 넣네요! 이 선수는 정말 온몸이 무기입니다!

이민혁은 전반전 39분에 헤딩골을 터뜨리며 4번째 골을 기록한 것으로도 모자라, 전반 43분엔 등으로 골을 넣으며 5번째 골을 기록했다.

이 말도 안 되는 라리가 데뷔전 활약에 아틀레티코 마드리드의 팬들은 정신을 차리지 못할 정도로 열광했다.

"우어어어엌! 등으로 넣은 골이라니! 이건 정말 미쳤어!"

"크하하핫! 이민혁이 지로나를 발라 버리고 있어! 축구황제가 지로나를 부숴 버리고 있다고요!"

"너무 놀라워서 어이가 없네! 아직 전반전밖에 안 됐는데 벌써 5골이야! 이민혁은 인간이 맞긴 한 거야?!"

"우오오오! 말도 안 돼! 난 살아생전 이 정도로 강한 아틀레티코 마드리드를 본 적이 없어!"

반면, 지로나의 팬들은 끔찍한 시간을 보내고 있었다.

전반전에 5골을 허용한 지금, 지로나의 관중석은 빠르게 비워지고 있었다.

―아… 지로나의 팬들이 경기장을 빠져나가고 있습니다……! 충격이 큰 모양이네요.

―…충격적일 수밖에 없죠. 응원하는 팀이 이민혁 한 명에게 무너지고 있거든요……!

지로나 팬들의 관중석 이탈.

그 모습을 본 지로나 선수들의 기세는 더욱 바닥으로 떨어졌고.

반대로 아틀레티코 마드리드 선수들의 기세는 끝이 보이지 않을 정도로 높아졌다.

삐이이이익!

이런 분위기는 후반전이 시작된 이후에도 이어졌다.

—지로나의 수비가 또다시 돌파를 허용합니다! 너무 무기력하네요! 방금은 조금 더 싸워 줬어야죠!

지로나의 선수들은 기가 죽고, 의욕을 잃었고.

—앙투안 그리즈만! 좋은 슈팅이었습니다! 비록 골이 되진 않았지만, 이렇게 기회가 오면 과감하게 슈팅을 때려 주는 게 중요하죠!

아틀레티코 마드리드는 더욱 힘을 냈다.

특히 이민혁은 지치지 않는 기계처럼 지로나의 수비를 흔들고 공격포인트를 만들어 냈다.

—들어갔습니다! 앙투안 그리즈만이 이민혁의 크로스를 머리로 연결했습니다! 앙투안 그리즈만, 이번 시즌 첫 골을 터뜨리네요!

—앙투안 그리즈만이 이민혁에게 안깁니다! 고맙다고 말하는 것

같죠?

—하하! 그렇게 보이네요. 사실 고마울 수밖에 없죠. 방금 이민혁의 크로스는 완벽해도 너무 완벽했거든요! 거의 떠먹여 줬다고 해도 과언이 아닐 정도였습니다.

—맞습니다! 이민혁의 러닝 크로스의 정확도는 날이 갈수록 좋아지는 것 같네요!

후반전이 시작된 지 얼마 지나지 않은 47분, 이민혁은 오른쪽 측면에서 풀백을 제치고 정확한 크로스를 뿌리며 앙투안 그리즈만의 골을 도왔고.

거의 3분 뒤인 후반 50분엔 중거리 슈팅으로 직접 지로나의 골 망을 흔들었다.

—…이게 뭔가요?! 들어갔네요! 와… 이민혁 선수, 기습적인 중거리 슈팅으로 또 하나의 골을 추가합니다……! 하하……! 너무 놀라서 이젠 오히려 덤덤해지네요……!

—…지로나의 수비수들이 조금도 예상하지 못한 타이밍에 나온 슈팅이었습니다……! 심지어 지로나의 고르카 이라이소스 골키퍼도 전혀 반응하지 못했죠!

이후에도 이민혁은 계속해서 지로나의 수비수들을 괴롭혔고, 공격포인트를 쌓아 나갔다.

삐이이이익!

─경기가 종료됩니다……! 이민혁 선수가 라리가 역사에 남을
충격적인 데뷔전을 치러 냈습니다!

                    *   *   *

아틀레티코 마드리드와 지로나의 경기.
이민혁의 데뷔전이기도 한 이 경기는 해설들이 당황할 정도로
충격적인 내용과 결과가 나왔다.

「아틀레티코 마드리드, 2017/18시즌 라리가 개막전에서 지로나에게
12 대 0이라는 경악스러운 스코어로 대승 거둬!」
「축구황제 이민혁의 실력은 라리가에서도 통했다! 이민혁, 7골 4어
시스트 기록하며 스페인 팬들에게 차원이 다른 실력 보여 줘.」
「디에고 시메오네 감독, '이민혁이 이렇게 놀라운 활약을 펼칠 줄 알
았냐고? 아니, 예상하지 못했다. 내가 어떻게 감히 축구황제이자 축구
의 신인 남자의 활약을 예상할 수 있겠는가?'라며 이민혁을 향한 존중
드러내.」

당연하게도 스페인 축구 팬들 역시 충격을 받았다는 반응을
보였다.

ㄴ워… 아틀레티코 마드리드와 지로나의 경기는 경악스러운 경
기였어. 난 라리가의 경기들을 오랜 시간 봐 왔지만, 이토록 충격

을 받은 적은 처음이었어.

ㄴ이민혁의 데뷔전 임팩트는 그 누구도 이길 수 없겠는걸……?
우리 솔직히 인정하자. 오늘의 이민혁은 그냥 축구의 신 그 자체였
잖아?

ㄴ난 바르셀로나의 팬이지만, 오늘만큼은 이민혁을 인정할 수
밖에 없더라. 오늘의 이민혁은 리오넬 메시보다 더 뛰어난 선수였
어.

ㄴ바르샤 놈들은 이렇게 졸렬하다니까? 야, 이 멍청아, 이민혁
은 이미 2년 전에 리오넬 메시를 뛰어넘었어.

ㄴ이렇게 압도적인 선수가 있었나? 과거 펠레나 디에고 마라도
나도 이 정도로 압도적이진 않았던 것 같은데……?

ㄴ이민혁 같은 선수는 없었어. 이민혁은 어떤 상황에서든, 어떤
부위로든 골을 넣을 수 있지. 그냥 가장 완벽한 선수야.

같은 시간, 한국 축구 팬들 역시 이민혁에 관한 이야기를 뜨겁
게 이어 갔다.

다만, 한국 축구 팬들은 놀라움보단 뿌듯하다는 감정을 드러
내고 있었다.

ㄴ이제 라리가까지 발라 버린다고?ㄷㄷㄷㄷㄷ 이민혁은 정말 한
계가 없는 선수였구나;;;;;;

ㄴ7골 4어시스트ㅋㅋㅋㅋㅋ 근데 이 정도는 다들 예상했던 거 아
님? 이민혁이잖아ㅋㅋㅋㅋㅋㅋㅋ

ㄴ다른 선수도 아니고 이민혁이니까 공격포인트 11개 기록한

건 별로 안 놀라운데, 내용은 좀 많이 놀라웠음. 특히 등으로 골을 넣은 건 전혀 예상 못 했음ㅋㅋㅋㅋ

ㄴ아 그건 솔직히 놀랍더라ㅋㅋㅋㅋ 아무리 이민혁이어도 그건 뽀록인 줄 알았는데, 느린 화면으로 보고 소름 돋았잖아.

ㄴㅋㅋㅋㅋ스페인 애들 많이 놀랐겠네ㅋㅋㅋ지금까지 이민혁 같은 선수는 본 적이 없겠지.

ㄴ스페인 애들도 이민혁이 라리가에서도 이렇게까지 잘할 줄은 몰랐을 거야.

ㄴ으어어!!!!! 국뽕 오지게 차오르네!!!!

반면, 일본 축구 팬들과 중국 축구 팬들은 여전히 이민혁을 보유한 한국을 질투하는 반응을 보였다.

ㄴ이민혁 저 자식, 분명 어린 나이에 불타오르다가 20대 후반부터는 부상으로 고생할걸? 그러다가 금방 은퇴하고.

ㄴ브라질의 축구황제 호나우두를 생각하면 일리가 있는 말이야. 호나우두도 최고의 재능을 지녔지만, 몸이 버티질 못했잖아? 이민혁도 저런 말도 안 되는 스피드를 내고, 말도 안 되는 움직임을 계속 보여 주다 보면 머지않아 몸이 고장 나겠지.

ㄴ젠장! 이민혁은 라리가에서도 완벽하잖아? 도대체 저런 선수가 한국에서 어떻게 나온 거야? 우리 일본에서는 언제 저런 선수가 나오는 거냐고!!!!

ㄴ이민혁을 중국으로 귀화시키는 건 정말 안 되는 건가? 많은 돈이라도 제시해 봤으면 좋겠네.

ㄴ왜들 그래? 상대가 지로나였잖아? 지로나는 이번 시즌부터 1부리그로 올라온 팀이라고. 그런 허접스러운 팀이라서 이민혁이 활약할 수 있었던 거야. 이제 잘 봐. 라리가의 강한 팀들을 만나면 이민혁은 오늘처럼 못할 거야.

ㄴ월드컵이 두렵다… 자존심이 상하지만, 이민혁이 있는 한국 을 만나게 되면 바로 도망쳐야 해. 그렇게 하지 않으면, 지로나처 럼 역사에 남을 굴욕을 당하게 될 테니까.

그리고 지금.

이민혁은 라리가 역사에 남을 데뷔전을 치러낸 것에 대한 결 과물을 바라봤다.

[현재 보유하신 스탯 포인트는 6입니다.]

"그새 레벨이 3개나 더 올랐네?"

경기가 종료됐다는 휘슬 소리가 들리기 전까지.

이민혁은 오롯이 경기에만 집중했었다.

떠오르는 메시지들이 눈에 들어오지 않았을 정도로 집중력을 발휘했었기에, 쌓인 스탯 포인트를 보는 이민혁의 눈은 커져 있 었다.

"매번 이렇게 레벨이 잘 오르면 얼마나 좋을까."

그렇게 중얼거리며, 이민혁은 스탯 포인트를 사용했다.

스탯 포인트는 경기가 진행될 때 바로바로 사용해 주는 편이 낫다고 생각하지만.

지금처럼 모아 놨다가 쓸 땐 또 다른 만족감을 주곤 했다.

[스탯 포인트 6을 사용하셨습니다.]
[수비 능력치가 6 상승합니다.]
[현재 수비 능력치는 60입니다.]

*　　　　*　　　　*

이민혁의 데뷔전은 스페인의 축구 팬들에게 커다란 충격을 줬고. 이민혁의 이름은 스페인 내에서 빠르게 퍼져 나갔다.

발롱도르를 2회나 받은 만큼, 이미 유명한 이민혁이었지만 스페인 내에서의 인기는 최고 수준은 아니었다.

스페인 라리가엔 크리스티아누 호날두와 리오넬 메시라는 슈퍼스타가 있었으니까.

그러나 이젠 이민혁의 인기가 기하급수적으로 높아지고 있었다.

"이민혁 알지?"

"당연히 알지. 내가 가장 좋아하는 선수거든."

"어제 인터넷으로 이민혁 스페셜 영상 봤는데, 대박이더라. 이 녀석, 지로나전에서 보여 준 게 전부가 아니었어."

"그걸 이제야 봤구나? 이민혁은 다른 선수들과는 수준이 달라. 이제 라리가에서 그가 나오는 경기를 보다 보면 놀라운 장면을 많이 보게 될 거야."

"그럴 것 같더라."

이제 스페인 사람들은 이민혁의 이름을 자주 꺼냈고, 가장 좋

아하는 축구선수로 이민혁을 뽑는 사람들의 숫자도 매우 많아
졌다.

물론 이민혁을 좋아하지 않는 사람들도 많았다.

주로 레알 마드리드와 바르셀로나의 팬들이 그랬다.

┗겨우 지로나를 상대로 공격포인트 몰아친 것 가지고 과대평
가를 하네. 어이가 없다 정말. 이민혁 그 녀석, 제대로 된 팀을 만
나면 조용히 지워질걸? 라리가에서 오래 버텨 온 팀들은 지로나
따위와는 수준이 다르다고.

┗바르셀로나를 만나면 이민혁은 아무것도 하지 못할 거야. 아
틀레티코 마드리드는 바르셀로나의 밥일 뿐이거든.

┗이민혁이 리오넬 메시를 뛰어넘었다는 멍청이들이 많은데,
그거 다 헛소리야. 리오넬 메시를 뛰어넘었다는 말을 들으려면, 발
롱도르를 더 많이 받아야 해. 이민혁은 이제 겨우 2번밖에 못 받
았잖아?

┗겨우 한 경기 보고 이민혁을 찬양하는 놈들아, 과연 이민혁이
다음 경기에서도 그렇게 잘할 수 있을까?

이들은 이민혁을 의심하려고 했다.

어떻게든 이민혁을 인정하지 않으려고 했다.

심지어 지로나전 이후에 펼쳐질 경기에선 그다지 강렬한 임팩
트를 보여 주진 못할 거라고 악담했다.

그러나.

이민혁은 그런 말들을 비웃듯, 이어서 치러진 경기에서도 압도

적인 활약을 펼쳤다.

「아틀레티코 마드리드, UD 라스팔마스와의 리그 2라운드 경기에서
13 대 1 대승!」
「이민혁, UD 라스팔마스전에서 10골 3어시스트 기록하며 차원이
다른 클래스 증명해!」

이민혁은 라리가 2라운드 경기에서 10골 3어시스트를 기록했고.

「아틀레티코 마드리드, 발렌시아 상대로 공격과 수비 모두 완벽한
모습 보여 주며 12 대 0 대승!」
「이민혁, 발렌시아 상대로도 빛났다! 6골 5어시스트 기록하며 팬들
을 열광케 해!」

라리가 3라운드 경기에선 6골 5어시스트를 기록하며 팀의 12 대
0 승리를 이끌었다.
그리고.
이런 이민혁의 활약에 대놓고 놀라움을 드러낸 슈퍼스타가 있
었다.

＊　　　　　＊　　　　　＊

「이민혁, 라리가에서도 압도적인 실력 펼쳐!」
「이민혁, 단 3경기 만에 23골 12어시스트 기록하며 라리가에서도 득

점왕, 도움왕 유력해져!」

「축구황제의 클래스는 라리가에서도 증명됐다. 이민혁, 슈팅과 패스 모두 완벽한 모습 보여.」

2017/18시즌, 라리가로 이적한 이민혁의 활약은 압도적이었다

3개의 경기가 치러질 동안 어떤 수비수도 이민혁의 활약을 막지 못했다.

이민혁은 만났던 수비수들을 전부 뚫어 냈고, 골과 어시스트를 기록했다.

그리고 지금.

"미쳤군… 확실히 뛰어난 선수야."

한 선수가 이민혁의 활약을 보며 감탄하고 있었다.

다만, 그의 눈엔 숨길 수 없는 질투심이 드러나고 있었다.

"…나보다 뛰어나진 않지만 말이야."

그는 질투심을 최대한 숨기며 자신의 개인 SNS에 글을 작성했다.

「크리스티아누 호날두, 개인 SNS에 '놀랍다! 이민혁은 정말 놀라운 선수! 이대로 2년 정도만 더 활약하면 나보다 더 뛰어난 선수가 될 수도 있을 것 같다'라며 이민혁 겨냥한 글 올려.」

「크리스티아누 호날두가 SNS에 올린 글, 이민혁을 칭찬한 것일까? 아니면 질투심 드러낸 것일까?」

크리스티아누 호날두가 올린 글을 전 세계의 스포츠 전문 기

자들은 발 빠르게 기사로 옮겼고, 빠르게 퍼져 나갔다.

이에 많은 수의 축구 팬들이 크리스티아누 호날두의 행동을 비웃었다.

당연하게도 가장 뜨거운 반응을 보인 건 아틀레티코 마드리드의 팬들이었다.

ㄴ푸흡! 어이가 없어서 웃음이 나오네. 크리스티아누 호날두, 저 졸렬한 자식, 이민혁을 칭찬하는 척하면서 사실은 자기보다 부족한 선수라고 글을 써 재꼈잖아? 멍청한 놈! 저렇게 글을 쓰면 사람들이 역겨운 속내를 모를 줄 알았나?

ㄴ하하하! 이민혁을 질투해서 올린 글이구나. 우리 이민혁이 대단하긴 한가 봐? 호날두가 질투를 하고?

ㄴ놀랄 것도 없지. 호날두는 인성이 별로인 걸로 유명했잖아?

ㄴ크리스티아누 호날두는 이민혁을 만날 때마다 졌잖아? 그래서 평소에 열등감을 가지고 있었나 보네.

ㄴ오랜만에 크게 웃었네. 호날두 저 친구, 저렇게 글을 올리면 쿨해 보일 것 같다고 생각했겠지? 큭큭! 정말 웃기는 녀석이야.

ㄴ질투할 만해. 이민혁은 크리스티아누 호날두가 가진 무기를 전부 가졌잖아? 그리고 호날두에게 없는 무기들도 많이 가지고 있고.

ㄴ2년만 더 활약하면 자기를 뛰어넘을 수도 있겠다고? 하하하! 이미 2년 전에 뛰어넘었고, 지금은 저 멀리 날아가고 있다는 걸 왜 호날두만 부정할까?

이런 상황에서 이민혁은 오로지 훈련에만 집중했다.

만약 동료들이 말해 주지 않았다면 크리스티아누 호날두가 자신을 언급했다는 사실을 좀 더 늦게 알게 됐을 정도로.

"민혁! 크리스티아누 호날두가 널 언급해서 화제가 된 거 알아?"

"아, 그랬어요? 뭐라고 했는데요?"

"네가 놀라운 선수고, 앞으로 2년 정도만 더 활약하면 자신을 뛰어넘을 수도 있을 것 같다고 했어. 칭찬한 것까지는 좋지만, 결국엔 자신을 띄우기 위한 글이어서 욕을 아주 많이 먹고 있지."

"그래도 절 좋게 봐 줬네요."

"응? 기분 안 나빠? 지금 누가 봐도 네가 더 높은 수준의 선수가 됐는데, 저렇게 도발적인 글을 올렸잖아?"

"기분 안 나빠요. 프로축구 선수면 자신이 최고라고 믿는 게 더 좋다고 생각하거든요."

이민혁은 피식 웃어 버렸다.

호날두가 질투심을 드러냈다는 걸 알게 됐지만, 별로 신경이 쓰이지 않았다.

'신경 쓴다고 경험치를 더 주는 것도 아니고.'

그에게 관심 있는 건 오로지 성장이었다.

축구를 더 잘하게 되는 것과 매번 더 좋은 기록을 만들어 내는 것뿐이었다.

*　　　　　*　　　　　*

라리가에 오기 전, 이민혁은 이미 세계 최고의 선수라고 인정받고 있었다.

발롱도르를 2회 연속 수상하고, 그 누구도 따라올 수 없는 압도적인 숫자의 골을 넣으며 득점왕도 연속으로 수상해 왔다.

다만, 라리가의 팬들은 이민혁을 완벽하게 인정하지는 않고 있었다.

이들은 라리가에 대한 자부심이 강했고, 그 어떤 선수라도 라리가에 온다면 다른 리그에서처럼 활약하지 못할 수도 있다는 믿음을 가지고 있었으니까.

그러나.

이민혁은 단 3경기 만에 라리가의 팬들을 사로잡았고.

단 3경기 만에 그들의 자부심과 믿음을 깨 버렸다.

그리고.

이처럼 자부심과 믿음이 깨진 건 라리가의 팬들뿐만이 아니었다.

라리가에서 뛰는 선수들 역시 자신들이 틀렸다는 걸 인정하게 됐고, 본격적으로 이민혁을 견제하기 시작했다.

─아! 너무 심한 태클이었는데요? 곧바로 레드카드가 나옵니다! 이민혁 선수… 부디 심각한 상태가 아니길 바랍니다……!

이민혁이 바닥에 쓰러진 채 고통스러운 얼굴로 발목을 붙잡았다.

"으… 더럽게 아프네."

뒤에서 들어온 높은 태클에 발목을 강하게 차였고, 그 결과 지금처럼 바닥에 쓰러지게 됐다.

　다른 리그에서도, 특히 EPL에서 이런 태클을 많이 당해 왔기에 익숙했지만.

　고통만큼은 익숙해지지 않았다.

　"부상은 거의 안 당하니까 다행이라고 생각해야 하나."

　익숙해지지 않는 건 아틀레티코 마드리드의 팬들 역시 마찬가지였다.

　아틀레티코 마드리드의 팬들은 매 순간 긴장했다. 이민혁의 플레이에 기대를 하지만, 그와 동시에 부상을 당하지 않을까 걱정해야만 했다.

　ㄴ아오! 깜짝이야! 이번엔 진짜 부상인 줄 알았네! 라리가 이 미친놈들 정말 이민혁을 다치게 하려고 마음먹은 거냐? 왜 저렇게 거칠어?!

　ㄴ저렇게 반칙을 하는 놈들은 징계를 줘야 해. 이건 너무 심하잖아? 다들 대놓고 이민혁을 거칠게 견제하고 있어. 그나마 이민혁이 부상을 거의 당하지 않는 강철 몸이라 다행이지, 다른 선수였으면 이미 몇 번은 부상을 입었을 거야.

　ㄴ괜찮아. 이민혁은 EPL에서도 이런 견제를 받아 왔어. 전부 다 이겨 냈었고. 근데 볼 때마다 위험해 보이긴 하네…….

　ㄴ근데 이민혁의 몸은 정말 강철로 만들어진 거야? 아니면 다이아몬드인가……? 어떻게 저런 반칙을 당하면서 매번 안 다치고 벌떡 일어나는 거야?

　ㄴ확실한 건 이민혁은 모든 축구선수 중 가장 강인하다는 거

지. 그래도 불안한 건 어쩔 수 없어.

└이민혁은 매 경기 화려한 모습을 보여 줘. 팬들을 즐겁게 만들어 주는 선수지. 문제는 너무 잘해서 매번 위험한 견제에 당한다는 거야.

팬들의 걱정은 늘어만 갔지만, 이민혁을 향한 거친 반칙은 줄어들지 않았다.

거의 매 경기에 나오다시피 할 정도였다.

그렇지 않으면 막을 수가 없었기 때문이었다.

때문에, 디에고 시메오네 감독은 매 경기마다 목에 핏대를 세워 가며 항의를 해야 했다.

그리고.

이민혁은 이런 견제를 받으면서도 꾸준히 좋은 활약을 이어 갔다.

아니, 단순히 좋은 활약이라고 말하기엔 너무나도 뛰어난 활약이었다.

「이민혁, 말라가전 5골 3어시스트 기록하며 팀의 8 대 0 승리 이끌어!」

「수비에만 집중해도 막을 수 없었다! 이민혁, 압도적인 돌파 능력으로 말라가의 수비 흔들어!」

「이민혁, 3골 3어시스트로 공격포인트 6개 기록!」

「축구황제는 공격과 수비 모두 완벽했다! 이민혁, 공격포인트 6개, 태클 성공 횟수 7개 기록하며 아틀레틱 빌바오 무너뜨려!」

「세비야, 이민혁 향한 거친 반칙으로 2명 퇴장당하며 AT마드리드에 15 대 1 대패!」

「이민혁, 세비야의 견제 전부 이겨 내며 10골 기록! 과연 그는 축구 황제인가? 축구의 신인가?」

「아틀레티코 마드리드, 단단한 수비 보여 준 CD 레가네스에 고전! 하지만 이민혁은 기어코 해트트릭 기록해.」

「두 줄 수비 전술 펼친 레가네스도 이민혁을 막지 못했다. 축구황제 를 막을 수 있는 방법은 무엇?」

이민혁은 라리가에서 뛰는 그 어떤 선수보다도 압도적인 숫자 의 공격포인트를 기록하고 있었다.

단순히 공격포인트만 기록한 게 아니었다. 경기장에서의 존재 감은 그가 기록한 공격포인트들만큼이나 대단했다.

공격도 공격이지만, 이민혁의 진가는 최전방 압박을 펼치는 상 황과 상대의 역습을 막아 낼 때 보여 주는 수비에서도 드러났다.

엄청난 스피드와 공격수치고 뛰어난 수비 실력, 세계 최고 수 준의 태클 능력을 이용한 압박은 상대 팀의 숨이 막히게 했다.

이에 아틀레티코 마드리드의 상대 팀을 응원하던 축구 팬들 은 질려 버렸다는 반응을 보였다.

ㄴ돌았네, 돌아. 이민혁 저 자식, 그냥 마라톤에 나가도 우승 하겠는데? 도대체 경기 내내 스프린트를 몇 번이나 하는 거야? 난

재보다 체력이 좋은 선수를 본 적이 없어.

ㄴ체력도 체력이지만, 이민혁의 태클은 진심으로 그 어떤 선수들보다도 위협적인데? 솔직히들 말해 봐. 이민혁보다 태클 잘하는 선수 본 적 있어?

ㄴ없지. 놀랍게도 없어. 난 축구를 볼 때, 수비수들을 집중적으로 보는 편이야. 그래서 수비수들의 실력을 남들보다 잘 알고 있다고 자부하지. 이민혁의 수비 실력은 뛰어난 편은 아니야. 라리가에서 뛰는 수비수들과는 비교도 할 수 없을 정도로 낮은 수준이지. 하지만 공격수나 윙어치고는 뛰어나. 그리고 태클 실력은… 라리가 상위권 팀의 주전 수비수들 수준이야.

ㄴ미친! 상위권 팀 주전 수비수들 수준이라고?! 하긴… 경기를 보면 상대 선수들이 이민혁의 태클에 엄청 당하더라.

ㄴ게다가 이민혁은 매우 빨라. 태클을 하기 위해서 달려드는 속도와 태클이 나가는 속도 모두 너무 빠르지. 그래서 똑같은 수준의 태클 실력을 지닌 선수들보다 더 까다로울 수밖에 없어.

ㄴ그런 능력을 지닌 선수가 쉬지 않고 경기장을 넓게 뛰어다니기까지 하니까… 상대 선수들은 질려 버릴 수밖에 없지.

ㄴ그냥 축구의 신이야. 거의 모든 부분에서 완벽하고, 완벽하지 않은 분야는 빠르게 보완해 나가고 있어. 이대로 한 2~3년 만 지나 봐. 이민혁은 동료 3명이 퇴장해도 경기를 승리로 이끌걸?

ㄴ2~3년까지도 필요 없이 지금도 그렇게 할 것 같은데?

그리고 지금.

이런 축구 팬들은 궁금해했다.

ㄴ되게 궁금하네. 이민혁이 라리가의 제왕을 만나면 어떤 모습을 보여 줄까?

ㄴ다음 라운드에 만나잖아. 우리 이 경기는 꼭 챙겨 보자.

ㄴ몇 골이나 넣으려나? 아니지, 골을 넣을 수 있으려나?

ㄴ어떤 팀이 이길까? 이민혁이 있는 아틀레티코 마드리드? 아니면 리오넬 메시가 있는 FC 바르셀로나?

이민혁이 다음 상대인 FC 바르셀로나를 만나선 어떤 경기를 보여 줄지.

*　　　　　*　　　　　*

「아틀레티코 마드리드, 리그 8라운드에서 FC 바르셀로나 만난다!」

「리오넬 메시 vs 이민혁, 라리가에서의 첫 만남! 누가 승리를 가져갈까?」

현재 리그 1위를 기록하고 있는 아틀레티코 마드리드와 리그 2위를 기록하고 있는 FC 바르셀로나의 만남.

이 만남이 전 세계 축구 팬들의 관심을 끄는 건 당연한 일이었다.

"오우, 긴장되네! 하하! 레알 마드리드나 바르셀로나를 만날 때면 꼭 이렇다니까?"

"으하하! 뭘 긴장하고 그러냐? 다 똑같은 상대라고 생각하면 되지."

"그러는 넌? 이마에서 흐르는 식은땀은 뭔데? 그리고 그런 말을 할 거면 목소리나 떨지 않고 얘기하든가."

"…걸려 버렸네."

아틀레티코 마드리드의 선수들이 경기가 펼쳐지기 전부터 긴장감을 드러냈다.

어쩔 수 없는 일이었다.

바르셀로나는 레알 마드리드와 함께 라리가 최강의 팀이었고.

아틀레티코 마드리드는 이런 바르셀로나에게 여러 번 패배했었으니까.

그런데.

한 선수만큼은 전혀 긴장하지 않고 있었다.

그는 너무나도 여유로운 얼굴로 상대 팀으로 다가가 안부를 묻고 있었다.

"메시! 잘 지냈어요?"

*   *   *

아틀레티코 마드리드는 라리가의 강팀이다.

바르셀로나와 레알 마드리드처럼 라리가를 지배하는 팀은 아니었지만.

가끔은 이들을 상대로 승리를 거두기도 한다.

라리가 내에서 사실상 3인자의 이미지라고 해도 과언이 아닐 정도였다.

이런 아틀레티코 마드리드였기에, FC 바르셀로나 선수들의 얼굴에도 긴장감이 흘렀다.

이들 모두 경기장에 입장하기를 기다리며, 집중력을 끌어올리고 있었다.

그런데 이때.

이민혁이 손을 흔들며 바르셀로나 선수들이 모인 곳으로 다가갔다.

"메시! 잘 지냈어요?"

현재 세계 최고의 선수인 이민혁이 과거의 세계 최고의 선수 리오넬 메시에게 반갑게 인사를 한다?

그 모습은 다른 선수들의 시선을 끌 수밖에 없었다.

다만, 이민혁은 다른 사람들의 시선이 신경 쓰지 않는다는 듯 메시를 향해 내딛는 발걸음을 멈추지 않았다.

"민혁! 나는 잘 지냈지. 요즘 대단하던데?"

리오넬 메시 역시 웃으며 손을 내밀었다.

두 남자 모두 자존심이 걸린 경기를 앞두고 있지만, 지금만큼은 순수하게 대화를 나눴다.

"즐겁게 뛰고 있죠. 메시, 당신도 요즘 굉장하던데요?"

"나야 뭐… 그냥 하던 대로 하는 거지. 나보다는 네 얘기를 듣고 싶어. 무슨 비법이라도 있는 거야? 실력이 전보다 더 늘었던데?"

"비법이 어딨겠어요. 계속 열심히 하는 거죠."

"열심히 하면 실력이 쭉쭉 늘어나는 재능이라니… 대단해 정말."

리오넬 메시는 진심으로 감탄하며 이민혁을 바라봤다.

그 역시 세계 최고의 선수라고 칭송받고, 여러 번 발롱도르를 받으면서도 게을렀던 적이 없었다. 꾸준히 훈련하고, 꾸준히 발전하기 위해서 노력해 왔다.

어쩌면 그렇게 했기에 지금과 같은 나이에도 기량을 유지할 수 있었던 것일지도 몰랐다.

그러나.

눈앞에 있는 이민혁처럼 실력이 계속해서 늘지는 않았다.

'확실히 수준이 다른 재능이야. 아마 오늘도 더 성장해서 왔겠지.'

리오넬 메시, 그의 얼굴에 걸려 있던 미소가 사라졌다.

그는 그런 모습을 들키기 싫어서 재빨리 몸을 돌렸다.

"민혁, 오늘도 좋은 경기 해 보자고."

"좋죠."

메시와는 다르게, 이민혁은 여전히 웃는 얼굴로 동료들을 향해 돌아갔다.

이민혁의 당당한 목소리와 행동 때문일까?

아틀레티코 마드리드 선수들을 감싸던 긴장감이 어느새 크게 줄어 있었다.

'그래, 우리에겐 이민혁이 있는데 내가 왜 긴장을 했지? 전혀 긴장할 필요 없었잖아?'

'바르셀로나에 리오넬 메시가 있다면 우리에겐 이민혁이 있어! 게다가 이민혁이 더 잘하는 선수잖아? 어우, 이제야 긴장이 좀 풀리네.'

'민혁 저 친구, 바르셀로나 앞에서도 여유가 넘치잖아? 하긴, 훈련 때 보여 주는 실력이라면 상대가 바르셀로나여도 문제없이 날뛸 수 있겠지.'

'역시 민혁에겐 겁날 게 없나 보네. 대단한 여유야. 저런 동료

와 함께라면 바르셀로나도 충분히 이길 수 있을 거야.'

'이민혁만 믿고 자신감 있게 뛰어야겠어!'

*　　　　*　　　　*

─FC 바르셀로나와 아틀레티코 마드리드의 선수들이 입장합니다! 선수들의 입장만으로도 경기장에 쏟아지는 함성이 대단합니다!

─엄청난 함성이네요! 각각 리그 1위와 2위를 달리고 있는 팀들의 대결이기 때문이겠죠?

─그 영향도 있을 겁니다. 현시점 라리가 최강의 팀들이 맞붙게 된 것이니까요. 하지만 역시 이민혁과 리오넬 메시의 대결이라는 점이 가장 크게 작용하고 있을 것 같습니다.

리오넬 메시와 이민혁의 대결.

이 경기는 시작하기 전부터 전 세계 축구 팬들의 관심을 끌었고, 그만큼 실시간 시청률도 대단한 수준이었다.

└우오오오오! 드디어 시작하겠구나! 과연 완전히 베테랑이 된 리오넬 메시와 축구의 신이 된 젊은 이민혁 중 누가 이길까?

└당연히 이민혁이지! 리오넬 메시가 아무리 잘해도 이민혁만큼의 임팩트를 보여 주진 못하잖아?

└리오넬 메시도 전성기 때는 대단했지! 특히 드리블만큼은 압도적이었잖아.

└리오넬 메시는 분명 대단하지만, 이민혁은 메시가 할 수 있는

걸 다 할 수 있어.

└여기서 계속 얘기해서 뭐 해? 어차피 곧 경기 시작하니까, 경기로 결과를 확인하자고.

└확실한 건 리오넬 메시랑 이민혁 둘 다 이번 경기에서 절대 지고 싶지 않을 거라는 거야.

삐이이이익!

휘슬 소리가 울렸다.

관중들의 함성이 터져 나왔다.

바르셀로나와 아틀레티코 마드리드의 선수들은 기다렸다는 듯 몸을 움직였다.

양 팀 선수들 모두 어느 정도의 긴장감을 가지고 있는 상황.

유일하게 이민혁에게서만 긴장감이 드러나지 않았다.

─이민혁이 돌파를 시도합니다! 과감합니다!

중앙에서 공을 잡은 이민혁은 달려오는 루이스 수아레스를 피하지 않고 맞아 줬다.

툭! 휘익!

뒤꿈치로 공을 가볍게 친 뒤, 순식간에 발바닥으로 공을 끌며 몸을 회전했다.

갑작스레 나온 화려한 드리블에 압박을 하려던 루이스 수아레스가 중심을 잃었다.

—이민혁이 루이스 수아레스를 가볍게 제쳐 냅니다! 역시 이민혁의 탈압박은 명불허전이네요!

　—맞습니다. 루이스 수아레스가 스트라이커이긴 하지만, 압박 능력이 좋은 선수인데 말이죠. 이민혁 선수의 움직임을 조금도 방해하지 못했습니다.

　이민혁의 전진은 계속 이어졌다.

　방해는 계속됐다.

　라키티치와 세르히오 부스케츠가 동시에 압박하며 전진을 막으려고 했다.

　이민혁은 그들을 상대로도 피하지 않았다.

　—어어?! 이민혁! 이걸 뚫어 낼 생각인가요?

　두 선수 사이를 과감하게 파고들었다.

　세계 최고 수준의 기술을 지닌 두 선수의 사이로 파고드는 지금, 이민혁의 움직임에 자신감이 가득했다.

　퍼억!

　별다른 페인팅 없이 자리를 지키는 두 선수의 틈으로 몸을 던졌다. 다른 선수였다면 라키티치와 세르히오 부스케츠의 틈으로 밀고 들어가려는 순간 튕겨 나갔을 것이다.

　두 선수는 쉽게 밀리는 선수들이 아니었으니까.

　그러나 지금은 달랐다.

뛰어난 피지컬과 압도적인 민첩성으로 파고든 이민혁을 두 선수는 효과적으로 막아 내지 못했다.

오히려 몸싸움에서 밀려 버렸다.

―이민혁이 기어코 두 선수 사이를 파고들었습니다! 우와! 이민혁이 두 명을 상대로 밀리지 않고, 오히려 밀어내고 있습니다!

―대단한 힘이네요! 이민혁 선수, EPL에서 보여 줬던 것처럼 엄청난 몸싸움 능력을 보여 주고 있습니다!

다만, 세르히오 부스케츠는 이민혁이 빠져나가는 걸 가만히 지켜보지 않았다.

수비형 미드필더인 그에겐 수비수들에게 향하는 공격수를 막을 임무가 있었으니까.

꽈악!

세르히오 부스케츠는 이민혁의 팔을 붙잡고, 강하게 밀치며 어떻게든 막으려고 했다. 하지만 이민혁이 누구던가.

집중 견제엔 너무나도 익숙해서 도가 튼 선수였다.

타앗!

세르히오 부스케츠의 견제를 강하게 뿌리치며 전진했다.

애초에 두 선수의 신체 능력은 큰 차이가 있었다. 피지컬과 스피드 모두 이민혁이 압도적이었다.

―이민혁이 계속 전진합니다! 바르셀로나가 이민혁을 막지 못하고 있습니다!

방해가 사라진 상황.

이민혁은 더욱 속도를 냈다. 순식간에 수비수들의 앞까지 도착했다.

슈팅을 때리려고 하자, 바르셀로나의 수비수 움티티가 깜짝 놀라서 덤벼들었다.

촤아악!

슬라이딩태클이었다.

이민혁이 슈팅을 할 것이라고 확신하며 한 행동.

하지만, 이민혁의 슈팅은 가짜였다.

—이민혁이 움티티의 태클을 피해 냅니다! 아~! 이건 움티티가 이민혁 선수의 페인팅에 완전히 속아 버렸죠!

센터백 하나가 사라지자 이민혁의 앞엔 넓은 공간이 생겼고, 그곳을 향해 강한 슈팅을 때려 냈다.

[상대의 페널티박스 바깥에서 슈팅했습니다!]
['중거리 슈터' 스킬 효과가 발동됩니다!]
[슈팅의 정확도가 대폭 상승합니다.]

이변은 없었다. 실수도 없었다.

이민혁은 현재 전 세계에서 가장 정확하고 강한 슈팅을 때리는 선수였고.

그 능력은 지금도 발휘됐다.

—들어갔습니다! 과감하게 때린 이민혁의 슈팅이 바르셀로나의
골문을 열었습니다! 역시 이민혁이네요!
—허허! 압도적인 실력입니다! 바르셀로나를 상대로도 이민혁은
너무나도 쉽게 골을 만드네요! 전반 5분 만에 아틀레티코 마드리
드가 선제골을 기록합니다!

*　　　*　　　*

바르셀로나 선수들의 얼굴에 당황한 감정이 드러났다.
설마 이렇게나 빠르게, 쉽게 골을 내줄 것이라고는 생각하지
못했으니까.
준비를 안 했으면 모를까, 바르셀로나 선수들은 아틀레티코
마드리드와의 경기를 위해 열심히 대비를 해 왔다.
전술도 수정했고, 이민혁을 막기 위해 연구도 충분히 했다.
그런데도 뚫렸다.
반칙까지 썼는데도 뚫려 버렸다.
하지만, 이들은 기죽지 않았다.
바르셀로나 선수들은 자신들이 세계 최고라는 자부심을 지닌
사람들.
이들은 자신들이 알고도 당했다는 사실에 기가 죽기보단 분
노했다.
"젠장! 알고도 당했네!"

"빌어먹을, 다음엔 안 당한다. 다들 정신 차려! 우리도 한 방 빨리 먹여 주자고!"

"다들 걱정하지 마! 이민혁 저 자식은 내가 어떻게든 막아 볼게!"

"아오! 짜증 나네! 오랜만에 상대하니까 더 괴물이 됐잖아?"

이런 바르셀로나 선수들의 마인드는 경기력으로도 나타났다.

이민혁에게 당한 것을 최대한 빠르게 잊어버린 채, 자신들의 플레이를 하는 것에 집중했다.

바르셀로나의 공격은 효과적이었다.

빠른 패스를 주고받으며 공간을 만들고, 좋은 패스를 찔러 넣거나 슈팅을 때리는 바르셀로나의 전술은 아틀레티코 마드리드의 수비진을 흔들었다.

─리오넬 메시가 공을 몰고 전진합니다! 메시! 두 명 사이를 파고듭니다! 이민혁 선수가 그랬던 것처럼 엄청난 드리블을 보여 주고 있습니다!

─역시 메시는 메시네요~!

리오넬 메시가 아틀레티코 수비수들을 끌어내고.

─리오넬 메시, 이니에스타에게 공을 연결합니다! 이니에스타, 킬패스입니다! 고오오오오오올! 루이스 수아레스입니다! 이니에스타가 연결한 공을 빠른 타이밍에 슈팅을 시도해 골을 기록합니다!

─바르셀로나~! 강합니다! 최근 공격과 수비 모두 무시무시한 모습을 보여 주고 있는 아틀레티코 마드리드의 골문을 기어코 열

어 버리네요!

루이스 수아레스의 결정력은 대단했고, 스코어는 이제 1 대 1이
되었다.

경기가 시작된 지 겨우 11분 만에 일어난 일이었다.

─양 팀이 치열하게 한 골씩을 주고받네요! 오늘 바르셀로나의
경기력도 상당히 좋은데요?

경기 초반부터 치열한 경기가 펼쳐지자, 전 세계 축구 팬들은
놀랍다는 반응을 보였다.

ㄴ바르셀로나 왜 이렇게 잘하지? 원래 잘하긴 하지만, 이 정도
는 아니었던 것 같은데?

ㄴ아틀레티코 마드리드의 경기력은 이번 시즌에 쭉 보여 줬던
것처럼 미친 수준이야. 근데 바르셀로나가 뭔가 각성한 느낌인데?
진짜 너무 잘해!

ㄴ난 바르셀로나의 오랜 팬인데, 오늘의 바르셀로나는 정말 다
른 날과는 비교도 할 수 없을 정도로 특별해! 이민혁의 아틀레티
코 마드리드는 분명 강하지만, 오늘의 바르셀로나 경기력이라면
이길 수 있겠는걸?

ㄴ아틀레티코 마드리드의 수비는 굉장히 단단한데… 쉽게 뚫
어 버리네……?

FC 바르셀로나의 경기력에 대한 놀라움이었다.

물론 바르셀로나는 원래 강팀이지만, 문제는 상대가 아틀레티코 마드리드라는 것이었다.

이번 시즌의 아틀레티코 마드리드가 어떤 팀이던가!

라리가의 팀들을 상대로 10골이 넘는 골을 기록하는 모습을 자주 보여 줄 정도로 화력이 강한 팀이지 않던가.

더구나 골은 거의 내주지 않을 정도로 강한 수비력을 보여 주고 있는 팀이었다.

그런 아틀레티코 마드리드를 상대로, FC 바르셀로나는 계속해서 놀라운 모습을 이어 갔다.

＊   ＊   ＊

아틀레티코 마드리드는 분명히 강했다.

이번 시즌 라리가에서 압도적인 화력을 보여 주고 있는 팀답게, 바르셀로나를 상대로도 위협적인 공격을 보여 줬다.

특히 이민혁은 발군이었다.

─이민혁이 달립니다! 그리즈만이 뒤에서 붙어 주고 있습니다! 우오오! 이민혁, 뒤꿈치로 공을 흘립니다!

─앙투안 그리즈만이 공을 받습니다! 이게 뭐죠? 이민혁은 뒤통수에도 눈이 달렸나요? 보지도 않고 뒤에서 달려오던 그리즈만에게 정확하게 패스했습니다! 그리즈만, 공을 잡고 달립니다!

이민혁은 돌파나 슈팅도 대단했지만, 창의적이고 도전적인 패스를 시도하며 바르셀로나의 머릿속을 복잡하게 만들었다.

지금도 그랬다.

바르셀로나 선수들이 전혀 예상하지 못한 패스를 성공시킴으로써 또다시 판을 흔들었다.

―그리즈만, 빠릅니다! 피케가 앞을 가로막습니다! 오오! 그리즈만, 패스를 뿌립니다! 이민혁이 받습니다!

그리즈만의 왼발 패스는 날카로웠다. 드리블을 하면서 자연스레 나온 패스였고, 피케는 타이밍을 읽지 못했다. 즉, 이민혁을 향한 공을 중간에 끊어 내지 못했다.

툭! 휘익!

이민혁은 공을 터치함과 동시에 몸을 돌렸다. 뛰어난 퍼스트 터치를 이용해 한 번에 슈팅 각을 잡는 움직임. 바르셀로나의 센터백 움티티 역시 그 한 번의 움직임에 제쳐졌다.

관중석에서 감탄이 쏟아지기도 전에, 이민혁은 슈팅을 때려 냈다.

[상대의 페널티박스 안에서 슈팅했습니다!]
['페널티박스 안의 피니셔' 스킬 효과가 발동됩니다!]
[슈팅의 정확도가 대폭 상승합니다.]

페널티박스 안에서 때려 낸 공은 골대의 하단 구석에 꽂혀 버렸고.

쭉 뻗어진 골키퍼의 손은 공에 닿지 않았다.

―고오오오오올! 들어갔습니다! 이민혁이 두 번째 골을 터뜨립니다!

이민혁은 이처럼 동료를 이용하는 것도 잘했다. 개인 능력도 뛰어나지만, 필요할 때면 언제든지 동료를 이용해 기회를 만들어 냈다.

―이른 시간에 많은 골이 터지고 있습니다! 벌써 2 대 1이네요! 경기가 재밌게 흘러가고 있습니다!

이민혁에게 2골을 허용했지만, 바르셀로나는 강했다.
특히 리오넬 메시와 루이스 수아레스, 안드레스 이니에스타는 다른 선수들보다 더 높은 클래스를 보여 줬다.

―안드레스 이니에스타! 멋진 드리블입니다! 정말 쉽게 상대를 제쳐 내네요! 물 흐르듯 움직이며 공간을 만들어 내고 있습니다! 이니에스타, 무리하지 않습니다. 루이스 수아레스에게 공을 연결했습니다.
―루이스 수아레스는 득점 감각도 무시무시하지만, 연계도 잘하는 선수죠!

해설들의 말처럼 루이스 수아레스는 좋은 연계 능력을 보여 줬다.

―리오넬 메시가 공을 받습니다! 굉장히 빠른 속도로 침투했습니다! 아틀레티코 마드리드 수비의 뒤 공간을 완벽하게 파고들었습니다! 메시, 슈우우우웃! 고오오오오오올!

리오넬 메시, 그는 정확하게 감아 차는 슈팅으로 아틀레티코 마드리드의 골 망을 흔들었다.

전반 32분에 일어난 일이었다.

                    *   *   *

"지금 뭣들 하는 거야! 정신 안 차려? 집중하라고!"

디에고 시메오네 감독은 분노했다.

가뜩이나 험악한 인상을 지닌 그가 분노하자, 마피아 보스라는 별명이 잘 어울리는 얼굴이 드러났다.

"이민혁이 잘해 주면 뭐하냐고! 이렇게 쉽게 골을 내주면 아무런 의미가 없잖아!"

분노할 수밖에 없었다.

이민혁을 중심으로 한 아틀레티코 마드리드의 공격은 아주 좋았다.

라리가 최강의 팀 중 하나인 FC 바르셀로나를 상대로 매우 이른 시간에 2골을 터뜨렸을 정도로.

다만, 수비가 너무 흔들렸다.

아틀레티코 마드리드의 수비가 약한 편이라면 이렇게까지 분노하진 않았겠지만, 현재 아틀레티코 마드리드의 수비는 라리가 최고라는 말을 들을 정도로 강했다.

그런데도 형편없이 뚫리고 있지 않은가.

후우!

디에고 시메오네 감독은 심호흡하며 감정을 추슬렀다.

분노해 봤자 좋은 건 없었다. 게다가 솔직히 아틀레티코 마드리드의 수비가 못한다기보다는 바르셀로나의 공격이 뛰어났다.

"바르셀로나의 움직임이 예사롭지가 않아. 분명 바르셀로나의 화력은 이 정도가 아니었는데……."

디에고 시메오네는 명장이라고 평가받는 감독.

FC 바르셀로나의 움직임이 다른 경기 때와는 다르다는 걸 인지하고 있었다.

당황하지 않았다면 거짓말이었다.

가뜩이나 강한 팀인 바르셀로나가 한 단계 더 성장한 모습을 보여 주고 있었으니까.

"당연히 이길 거라고 확신했던 경기였는데……."

디에고 시메오네 감독은 확신하고 있었다.

자신이 이끄는 아틀레티코 마드리드가 FC 바르셀로나를 상대로 승리할 거라고.

그만큼 최근의 아틀레티코 마드리드는 강했다.

어떤 팀을 만나도 이길 것 같은 기세를 보였다.

그런데, 지금은 그런 느낌이 들지 않았다.

바르셀로나가 너무 강했으니까.

"갑자기 각성이라도 했다는 건가……?"

디에고 시메오네 감독이 식은땀을 흘리며 턱을 쓰다듬었다.

아예 불가능한 일은 아니었다.

어떤 팀에게 꼭 이기고 싶거나 절대 지고 싶지 않을 때, 평소보다 훨씬 뛰어난 경기력을 보여 주는 일은 가끔 일어났으니까.

실제로 지금, FC 바르셀로나 선수들의 눈엔 독기가 가득했고, 움직임엔 군더더기가 없었다. 대단히 높은 집중력을 보여 주고 있다는 증거였다.

"젠장, 왜 하필 오늘이야?"

디에고 시메오네 감독, 그는 긴장감이 드러난 눈으로 경기장을 바라봤다.

그의 시선은 양 팀 선수들을 차례로 훑었고, 마지막으로 이민혁을 향했다.

'이럴 때 저 친구가 있어서 참 다행이야.'

이민혁의 표정은 덤덤했다.

바르셀로나가 각성한 모습을 보이며 대단한 경기력을 펼치고 있음에도, 전혀 상관없다는 듯한 얼굴이었다.

당연하게도 플레이도 침착했다. 이민혁은 각성한 바르셀로나 선수들을 상대로도 압도적인 실력을 보여 주고 있었다.

그런 모습이 디에고 시메오네 감독에겐 한없이 든든하게 느껴졌다.

그리고.

이처럼 든든함을 느끼는 건 디에고 시메오네 감독뿐만이 아니었다.

아틀레티코 마드리드의 선수들 역시 빠르게 침착함을 찾아가고 있었다.

'바르셀로나 녀석들 왜 저래? 저번에 만났을 땐 이 정도가 아니었는데, 완전히 강해졌네. 이거 이길 수 있으려나⋯⋯? 아, 몰라! 이민혁이 어떻게든 해 주겠지.'

'쟤네 오늘 장난 아니네⋯ 이민혁이 없으면 절대 못 이기겠는데?'

'이민혁이 골을 넣으면 금방 따라서 골을 넣네. 무섭구만. 근데 어쩌냐, 이민혁이 더 많은 골을 넣을 텐데.'

'이렇게 강한 바르셀로나는 처음이야. 되게 힘든 경기가 되겠어⋯ 에이, 그래도 쟤들보단 낫겠지. 쟤들은 이민혁을 상대해야 하니까.'

'메시, 이니에스타, 수아레스가 미친 클래스긴 하네. 근데 이민혁만큼은 괴물은 아니야. 게다가 우리에겐 그리즈만도 있잖아?'

이민혁은 이들의 믿음에 걸맞은 실력을 보여 줬다.

─아틀레티코 마드리드가 코너킥을 얻어 냅니다! 전반전이 끝나기 직전에 얻은 코너킥이네요. 만약 여기서 골을 넣는다면, 아틀레티코 마드리드가 바르셀로나의 기세를 조금은 꺾을 수 있지 않을까요?

─바르셀로나의 기세가 너무 무섭습니다! 이민혁 선수가 군계일학의 모습을 보여 주고 있긴 하지만, 그 부분을 제외하면 아틀레티코 마드리드 선수들이 바르셀로나를 상대로 버거워하는 모습을 보여 주고 있거든요!

코너킥 상황.

동료가 높게 올린 공이 이민혁에게로 향했다. 대놓고 이민혁을 노린 코너킥이었고, 이민혁은 바르셀로나의 센터백 피케의 거친 견제를 이겨 내며 공을 머리에 맞혔다.

터엉!

피케의 공중볼 경합 능력은 높은 수준이었지만, 이민혁을 이기기엔 역부족이었다.

키는 이민혁이 더 작지만, 점프력과 힘으로 피케를 압도했으니까.

─고오오오오오올! 이민혁이 멋진 헤딩 골을 터뜨립니다! 이민혁! 바르셀로나를 상대로 해트트릭을 기록합니다!

─역시 이민혁입니다! 팀이 흔들리는 상황에서도 골을 넣어 주네요!

*   *   *

삐이이익!

전반전이 종료됐다는 걸 알리는 휘슬 소리가 울려 퍼졌다.

양 팀의 라커 룸 분위기는 달랐다.

"이민혁을 막는 건 힘들어. 그냥 우린 우리의 플레이를 하면서 더 많은 골을 넣는다. 그러면 우리가 이길 수 있어."

"아틀레티코 마드리드의 수비도 그렇게 강하지 않아서 충분히 골을 더 넣을 수 있겠어."

"이민혁에게 신경을 쓰되, 너무 휘둘리진 말자. 우리가 할 수 있는 걸 하다 보면 쟤네도 결국 무너지게 되어 있어."

바르셀로나의 분위기는 차가웠다. 감독과 코치, 선수들은 침착하게 상황을 파악했고, 승리를 위한 방법을 제시했다.

반면, 아틀레티코 마드리드의 분위기는 뜨거웠다.

"후반전엔 더 힘내 보자! 많이 뛰고, 실수를 줄이면 충분히 이길 수 있는 경기야!"

"그래! 이길 수 있어! 조금만 더 집중하자!"

"이민혁이 엄청 잘해 주고 있잖아? 우린 최소한 잘 막아 주기라도 해야 하지 않겠어? 그래야 안 쪽팔릴 거 아니야? 가 보자고!"

"오늘 바르셀로나 한번 잡아 보자!"

라커 룸에 있는 모두가 열정적인 모습을 보였고, 승리를 위해 집중력을 끌어올리는 시간을 가졌다.

─경기 재개됩니다! 오늘 경기, 후반전임에도 결과를 예측할 수가 없네요!

후반전이 시작됐다.

─그렇습니다. 전반전이 끝나기 직전에 아틀레티코 마드리드가 한 골을 추가하긴 했지만, 또 전반전의 경기력 자체는 바르셀로나가 더 좋았지 않습니까? 이 경기가 후반전엔 과연 어떻게 흘러갈지 정말 궁금하네요!

먼저 공격적으로 나온 건 FC 바르셀로나였다.

3 대 2로 점수에서 밀리고 있는 바르셀로나였기에, 더욱 적극적으로 골을 노리기 시작했다.

―바르셀로나의 패스 템포가 굉장히 빠른데요? 후반전에 강하게 몰아붙여서 골을 만들겠다는 의도가 보이네요!

그리고.

이 판단은 FC 바르셀로나에게 안 좋은 상황을 만들어 냈다.

―역습입니다! 아틀레티코 마드리드가 아주 좋은 역습 상황을 맞이했습니다! 아틀레티코 마드리드의 공격 숫자가 바르셀로나의 수비 숫자보다 더 많은 상황! 코케, 그리즈만에게 연결합니다! 그리즈만, 이민혁에게 주나요? 아! 줍니다! 정확한 패스!

―이민혁이 달립니다!

아틀레티코 마드리드의 역습은 강력하다.

이번 시즌에 터진 많은 골이 역습 상황에서 나왔을 정도였다.

그리고.

역습의 핵심엔 항상 이민혁이 있었다.

―이민혁이 피케를 가볍게 벗겨 냅니다! 노마크 찬스입니다! 이민혁! 오오오?! 골키퍼까지 제쳤습니다! 고오오오오오오올! 이민혁이 또다시 골을 집어넣었습니다! 이민혁 오늘 스트라이커로 출전

한 이유를 확실하게 보여 주고 있네요!

이민혁은 역습 때, 직접 골을 넣기도 했고.

—이민혁! 두 명을 제쳐 냈습니다! 이대로 전진하나요? 오! 롱패스입니다! 전방에 있는 앙투안 그리즈만을 향해 정확한 롱패스를 뿌려 냅니다!
—그리즈만이 공을 받습니다! 그리즈만, 슈팅! 들어갔습니다! 깔끔한 마무리!

동료에게 어시스트를 기록하기도 했다.
이후, FC 바르셀로나가 한 골을 추가하며 여전히 강력한 화력을 보였지만.

—이민혁입니다! 이민혁의 원맨쇼네요! 측면을 직접 뚫어서 멋진 중거리 슈팅으로 추가골을 기록합니다!

이민혁의 압도적인 활약에 바르셀로나는 점점 힘을 잃어갔다.
마침내 경기가 종료될 시간이 가까워졌을 땐, 바르셀로나는 더 이상 힘을 내지 못할 상태까지 몰려 버렸다.

삐이이익!

경기가 종료됐다.

    바르셀로나의 선수들과 팬들은 망연자실한 얼굴로 아틀레티
코 마드리드의 선수들을 바라봤다.

    "이건… 말도 안 돼……."

    "꿈이지? 이거… 꿈 맞지?"

    "우리가 이렇게 당한다고……?"

    "이게 말이 돼……? 우린 바르셀로나인데?"

    이들은 현실을 부정하고 있었다.

    그럴 수밖에 없었다.

    현실이라고는 믿을 수 없는 경험을 했으니까.

    라리가의 최강팀이었던 FC 바르셀로나가 10 대 3으로 패배했
으니까.

『레벨업 축구황제』 8권에 계속…